国家出版基金项目

20世纪人文地理纪实 第一辑

主编：杨镰

康藏行

谢天沙／著 胡博／整理

Kangzangxing

中国青年出版社

（京）新登字083号

图书在版编目（CIP）数据

康藏行/谢天沙著；胡博整理. —北京：中国青年出版社，2012.12
（20世纪人文地理纪实）

ISBN 978-7-5153-1220-0

Ⅰ.①康… Ⅱ.①谢…②胡… Ⅲ.①纪实文学–中国–当代 Ⅳ.①I25

中国版本图书馆CIP数据核字（2012）第265996号

*

中国青年出版社 出版 发行

社址：北京东四12条21号 邮政编码：100708
网址：www.cyp.com.cn
编辑部电话：(010)57350511 门市部电话：(010)57350370
三河市世纪兴源印刷有限公司印刷 新华书店经销

*

675×975 1/16 7.75印张 2插页 89千字
2012年12月北京第1版 2012年12月河北第1次印刷
印数：1–5000册 定价：16.00元
本图书如有印装质量问题，请凭购书发票与质检联系调换
联系电话：(010)57350337

长揖政敌诉公心 一

元祐元年，新法倡导者王安石薨于江宁府。消息传至开封，司马光令人焚香，取来公服，穿戴整齐，向南方长揖之后，肃立良久，老泪纵横。王安石死后，司马光对他做出了公正的评价：「介甫文章节义，过人处甚多，但性不晓事，而喜逐非。致忠直疏远，逸佞辐辏，败坏百度，以至于此。」

○

一

《20世纪人文地理纪实》

总　序

　　20世纪，是人类社会进展最快的世纪。20世纪的通行话语是"变革"。

　　就中国而言，自进入20世纪，1911年"辛亥革命"为延续数千年的中国封建王朝的谱系画上了句号，1919年"五四"运动，新文化普及，1921年中国共产党成立，为现代中国奠定了基础。20世纪前50年间，袁世凯"称帝"、溥仪重返紫禁城，北伐、长征、抗日战争……直至1949年中华人民共和国成立，新中国受到举世关注。此后，特别是从"文化大革命"到改革开放，这些历史事件亲历者的感受，深刻影响了一代又一代人。

　　20世纪是中国进入现代时期的关键的、不容忽视的转型期，以20世纪前半期为例，1900年，"八国联军"践踏中华文明，举国在抗议中反思；1901年，原来拒绝改良的清廷宣布执行新政；1906年，预备立宪……以世界背景而言，"十月革命"，两次"世界大战"，成立联合国……1911年到1949年，仅仅历时30多年，中国结束了封建社会，经历了半封建半殖民地到社会主义的巨大跨越。反思20世纪，政治取向曾被视为文明演进的门槛，"不是革命就是反革命"，不是红，就是黑，一度成为舆论导向，影响了大众思维。

　　无可否认，在现代社会，伴随社会的进步、发展，中华民族的民主、科学精神逐步深入人心的过程，是中国历史最具影响力的事件，是可持续发展的推动力、中国现代时期的鲜明特点。

《20世纪人文地理纪实》则为这一影响深远的历史过程，提供了真实生动的佐证。

20世纪的丰富出版物中，一定程度上因为政治意图与具体事件脱节，人文地理著作长期以来未能受到充分关注，然而文学、历史、政治、文化、语言、民族、宗教、地理学、边疆学、地缘政治……等学科，普遍受到了人文地理读物的影响，它们是解读20世纪民主、科学思维成为社会主流意识的通用"教材"。

人文地理纪实无异于在社会急剧变革过程进行的"国情调研"，进入20世纪的里程碑。没有这部分内容，20世纪前期——现代时期，会因缺失了细节，受到误解，直接导致对今天所取得的成就认识不足。

就学科进展而言，现代文学研究是最早进入社会科学研究前沿位置的学科之一，《20世纪人文地理纪实》则为现代文学家铺设了通向文学殿堂的台阶：论证了他们的代表性，以及他们引领时代风气的意义。

与中华文明史、中国文学史的漫长历程相比，从"辛亥革命"到中华人民共和国建立，30多年短如一瞬间，终结封建王朝世系，弘扬社会主义精神文明，是现代时期定位的标志。

"人文地理"，是以人的活动为关注对象。风光物态、环境变迁、文物古迹、地缘政治……作为文明进步的背景，构建了"人文地理"的学术负载与阅读空间。

关于这个新课题，第一步是搜集并选择作品，经过校订整理重新出版。民国年间，中国的出版业从传统的木刻、手抄，进入石印、铅印出版流程，出版物远比目前认为的（已知的）宽泛，《20世纪人文地理纪实》的编辑出版，为现代时期的社会发展提供了参照，树立了传之久远的丰碑。否则，经过时间的淘汰，难免流散失传，甚至面目全非。

《20世纪人文地理纪实》与旅游文学、乡土志书、散文笔记、家谱实录等读物的区别在于：

人文地理纪实穿越了历史发展脉络，记录出人的思维活动，人的得失成败。比如边疆，从东北到西北，没有在人文地理纪实之中读不到的盲区。21世纪，开发西部是中国现代化可持续发展的重要内容。开发西部并非始于今天，进入了现代时期便成为学术精英肩负的使命：从文化相对发达的中原前往相对落后的中西部，使中西部与政治文化中心共同享有中华民族的丰厚遗产，共同面对美好前景。通过《20世纪人文地理纪实》，我们与开拓者一路同行，走进中西部，分享他们的喜怒哀乐、分担他们的艰难困苦。感受文明、传承文明。源远流长的华夏文明与中华民族的文化，不会因岁月流逝、天灾人祸，而零落泯灭。

《20世纪人文地理纪实》是20世纪结束后，重返这一历史时期的高速路、立交桥。

七十年前的康藏行

胡　博

民国时期的内忧外患，使得国人对边疆问题日益关注。有志之士相继进入康藏地区实地考察。在这些考察者中，有些是派驻康藏的政界人士，如具有藏族血统的回民女杰刘曼卿，民国首位入藏大员黄慕松以及主持十四世达赖喇嘛坐床典礼的吴忠信；有入康藏求佛法者，如写过《雪域求法记》、考取拉然巴格西的汉僧邢肃芝（法号碧松）；更多的是一些组织机构和科学考察团，它们研究边疆的人文地理，以学术为旨归；还有个人入康藏游历者，如本书的作者谢天沙。

谢天沙是民国史上一位颇有意思的人物。笔者在校勘本书、考订作者生平之际，多方查找报刊文献，鲜有谢氏之介绍。推想其原因，大概是谢氏虽然著有《康藏行》一书，并且之前在上海的《亦报》上连载发表，但他终究只是一名偶尔写点文章的机械工程师，并非时常见诸报端的文人或名人。在上海工业会的档案中，总算查到谢天沙生平的点滴资料。谢天沙，浙江杭州人，生于1915年前后，毕业于暨南大学，曾任上海大信造纸厂经理，顺兴机器厂经理兼厂长，大山化学厂经理兼厂长。1948年6月，谢天沙代表机器造纸公会，参与起草上海市工业会的成立章程，并当选为监事，兼任上海市商会候补理事，为维持风雨飘摇的上海工商业迎接解放做出过贡献。谢天沙虽为工商界人士，但是对进步的社会文化活动向来多有参与和关注。1948年7月13日，因抗议国民党政府勒令《新民报》永久停刊，谢天沙与上海新闻界、文化界、法学界的毛健吾、曹聚仁、谢东平、胡道静等24人联名在《大公报》上刊文，对政府违宪行为进行抨击，呼吁新闻界的言论出版自由。

由谢天沙的履历，不难揣想他的性情气概。1941年，26岁的谢天沙做出了个人赴康藏考察的决定。当时康藏边地自然条件恶劣，交通极为不便，勇于前往实地考察者，屈指可数。一介江南书生竟有如此志向，不可不谓胆气非凡。正如《康藏行》原序作者潘勤孟所言："康、藏僻处西陲，中土之人，莫说发愿前往考察，退求其次，想读一本较为翔实的书籍，从而了解一些那边的情况，亦复难得。"而谢天沙以艰苦卓绝之精神，终得成行。

据谢氏《康藏行》前言自述："一九四一年秋，我在成都得邓锡侯将军之助，获有机会游历康、藏、青的藏民区域，经过将近一年的时间，再经甘、陕，于一九四二年春返蓉。"谢天沙自成都出发时正值秋季，这次康藏之行持续了整个秋冬季节以及来年的春天，所到之处，人迹罕至，万里荒寒。谢天沙先由成都乘汽车到雅安，在雅安，谢天沙见到了当时的西康主席刘文辉（据云刘氏虽然坐镇西康，但是从未到过康定以西的高原地带）。从雅安到康定，走了整整八天，翻越上下百里的大相岭，横跨红军长征渡过的大渡河。在康定停留了一个多月做准备工作，然后翻过海拔四千五百米的折多拉山①，此后一直跋涉在海拔三五千尺的高原，其间有二十余天是杳无人烟的千里雪原，翻过黄河长江的分水岭巴颜喀拉山，至青海中部的大河坝地势方才下降。期间全程骑马，根本没有公路可行。高原地带的缺氧、马背颠簸的疲劳，渴了喝腥膻的奶茶，饿了吞吃带着冰碴的牛羊肉，晚间

①折多拉是中国境内第二高峰贡嘎山，即大雪山的主峰之北脉。

还得搭帐篷野宿，对于生长于江南水乡的谢天沙，其考验可想而知。

横断山脉，崎岖险峻。让红军长征损失惨重的大草地和大雪山就在这一带。且看谢天沙笔下的大草地，"在这个沮洳地带，要找件自杀的工具都是很困难的，你要上吊，无树可栖；要找块石头碰死，全是软绵绵的烂泥；你要举火，湿搭搭随点随熄；连最可怕的野狼也存身不住，但是自杀的工具虽没有，这里却是人类最容易死亡的地带。"不过，就连这死亡地带，身为工程师的谢天沙也想到了如何改造利用："沮洳地带的土质是不差的，只是被碱质侵蚀关系，将来水利一兴，去碱蓄淡，再筑条公路进去以利交通，这千数里的荒地将是大好的垦殖区了。"而过独索桥的惊险更是常人难以想象，那真是对胆力与体力的一种严格考验，非亲历其境者，无以体味。尤其令谢天沙印象深刻的，是藏区奇寒的天气。在德格停留数日后行进时，谢氏的同伴[1]"带有一支寒暑表，可量到零下三十九度，但在色不空站露宿的那一夜，这表竟降到了最低点"。至大河坝马程结束，谢氏乘汽车到西宁，后取道兰州、天水、汉中、广元等地回到成都。

从以上的考察路线来看，谢天沙是从四川到西康，再至青海。其间经过金沙江畔的邓柯[2]，过江西取道藏边抵青海玉树。而谢氏到过的大金寺和白利两地，即书中所描述的大金白利事件引发康藏大战之处，至1932年才由康藏当局签订冈拖协定，划江而治。与人们对于康藏高原完全是荒凉寂寞的想象不同，这一带八十里均为雅砻江的冲积平原，气候温和，人烟稠密。在谢天沙看来，雅砻江畔自有其瑰丽爽朗的景色，让人流连忘返：

---

[1]藏地旅行，艰险非常。个人游历者也绝非孤身一人，皆需找伴同行，这是常识。
[2]当时康藏之限以金沙江为界，金沙江以西属昌都地区，金沙江以东属西康。

雅砻江畔有不少热气蒸腾的温泉，高及人肩，而细沙平铺，正是大自然特设的露天浴池；入浴于此，抬头就是那喀哇罗里大雪山蜿蜒展列眼前，洁白美丽而庄严，似一幅精心描绘的图画。

试想在此露天洗个温泉浴，不啻人间胜境。

这一路，谢天沙不仅遍历名山大川，沿途更是瞻仰不少藏地的佛寺宝刹，更兼两次与康藏历史上著名的孔洒女土司德亲旺母①产生交集：一次是抵甘孜后，住宿在孔洒女土司的官寨；一次是到西宁时，于塔尔寺拜会德亲旺母夫妇。在谢氏的印象中，这位像古希腊美人海伦般引发甘孜事变战火的魅力女性，竟是一位怀抱小男孩招待客人的温婉主妇，如江南女子一般秀丽贞静。我们不妨从原书所附的插图中，端详一下这位传奇女土司的小照，发表一下自己见仁见智的感想。值得一提的是，由于谢天沙喜爱摄影，所以为沿途雄伟的古刹、雄奇的山川地貌以及传奇般的历史人物都保留了珍贵的影像，本书精美的摄影插图为其可见之一斑。

《康藏行》围绕着农牧民的衣食住行，对康藏丰富的物产、独特的生活习惯、山川风物、语言文字乃至贸易货币等做了全方位的介绍。康藏地区的许多事物，对于当时的内地读者来说十分陌生，甚至闻所未闻：金沙江畔的淘金者，川藏高原的牦牛，雪山上的雪莲与冬虫夏草，骑着光背马放牧的孩童，原木作屋的庄房，烧火取暖的牛粪和羊皮风筒，快乐的跳锅庄，金顶辉煌的喇嘛庙，镇日转经的寂寞老人，脸上搽碗儿糖御寒的藏女，悬崖峭壁间坐静的喇嘛，五体投地的朝圣者……估计当这篇游记在《亦报》连载之时，曾经吸引了不少老

————————
① 现在称为德钦旺姆。

少读者，满足过他们的好奇心和求知欲。

在谢天沙的笔下，康藏地区不仅有着奇异的边疆风光，更重要的是他以一位工程师认真理性的态度，剖析这片丰饶大地的人文地理，表述他对康藏发展的设想和思路。正如潘勤孟序言所谓，"而其无上意义，乃在作者发挥了最高智慧，用正确观点，具体介绍千百年来被隔阂着的西南大片土地，使我们由认识而重视，进一步负担起沟通开发的任务"。最能体现谢天沙的细节观察能力和认真钻研精神的，是他对藏区教育的洞见。笔者纵览同时期其他人士所著有关康藏教育之观点，无非认为藏民教育观念落后，对汉文化教育不认同等等，认为只要将内地的先进教育方式输入康藏，自会昌明开化。而谢天沙则敏锐地对这种全盘输入的教育方式提出质疑：

> 拿沿海都市的教材，硬要塞到游牧或半游牧社会的儿童脑筋里去，这样读书的结果，当然对现实社会丝毫没有用处……解放后的康藏，是需要费一番大力去革除旧教育的错误的。

在谢天沙笔下，无论是康定锅庄精明能干的女庄主包云环，还是身背上百斤茶包不输男子的普通藏女，都给读者留下了难忘的印象。"男逸女劳"是藏区的普遍写照，康藏妇女在社会经济发展中扮演着重要角色，其辛苦程度是内地城市女子难以想象的，由此她们也获得了男性的尊重，在社会和家庭中都享有较高的地位。而藏地的一妻多夫制和赘婿制，则是与藏区地广人稀和落后的生产力相适应的极为现实的婚姻制度。谢天沙没有文人的猎奇心理，也不像小报记者般具有娱乐趣味，他本着对女性的尊重和实事求是的精神，剖析这些独特的现象，得出了相对科学的结论。当然囿于作者自身的知识背景，本书也难免璧有微瑕。在介绍出家的藏族女子"觉母"时，谢天沙认为"呼图克图制度在她们中间也是没有的"，而这一点是不确的。[①]

谢天沙对于他所游历的这一片热土充满向往和激情，但是他也鞭笞康藏地区森严的等级制度和陈规陋习："在德格时，我曾见到土司泽旺登登的出行，他的属民见着了赶快走到道旁恭立着。待他经过时，一律俯首弓腰之外，还将舌尖伸出口外半寸许，再挤眉弄眼个不停。这样的怪现象，是满清时沿袭下来，表示畏威慑服的意思。可见封建统治阶级高压手段之一斑。"

谢天沙的康藏之旅虽成行于1941年，而《康藏行》的成书年代则是1951年。当谢天沙在《人民日报》上看到一批人民解放军进军西藏的照片，其中有一张是成队的汽车排列在甘孜寺前，不由得激动下泪。他不禁高呼："几十年来，各方瞩目、藏胞切盼的愿望终于实现了。康藏公路已开始修筑，并筑成了康定到甘孜的第一段，而且已经通了车。这真正是康藏开始经济建设的一大启机。回忆从前我们策马爬雪山贯草地的那种缓慢行旅生涯，时代是飞跃了一大阶段呀！"

作为一名工程师的本色当行，谢天沙更为关注康藏丰沛富饶的自然资源如何转化为生产力的问题。他不仅想象不远的将来在金沙江、澜沧江、雅砻江以及雅鲁藏布江上发电，更设想着藏区手工业的机械化前景。谢天沙认为藏区的畜牧业最有前途，在他看来，西部藏区极目草原，真是个天设的上好牧场。牛羊乳的产量极大，应是国民经济

①事实上，西藏有女活佛，也有自己的转世系统，只是为数稀少而已。如多吉帕姆转世系统就先后有12代女活佛。1942年转世的多吉帕姆德庆曲珍，5岁时被认定为多吉帕姆，1959年时被达赖集团劫持到印度，后经我驻外使馆协助归国，曾担任西藏自治区政协副主席。

上极为有用的一笔产品。谢天沙详细分析了建立藏区的乳脂工业所需的各项条件，主要是机器和技术员工。他乐观地预言：其他资金交通等问题，一待社会及政府注重之后，自可迎刃而解。至于推进方式，他以为可参考采用工业合作的方法，"举办畜牧业的合作生产经营，使一向散漫而知识落后的牧民，在经济的条件之下组合起来，以适应此工业采集原料及提高品质之需要。至于机械及技术员工初期自当由内地聘去，逐渐训练其达到自立境地。"终篇时谢天沙大胆展望，寄希望于眼光远大的企业家在政府协助下，将藏区边地建设成为北欧丹麦式的现代化牧区，藏区出产的乳酪，物美价廉，畅销全国，成为国民重要的营养品，并且成为我国重要的国际贸易输出品之一。至今这仍然是我们未竟之理想。

本次整理《康藏行》所用底本，是1951年2月工艺出版社出版的版本。

目录Contents

序　言

　　我少时好读纪游之作，目的却幼稚，只是为了中国疆域广大，山水雄奇，自己不能亲历，所以借游记聊以过瘾。但当多读各家游记之后，私衷认为一般旅行家叙述旅途种种，常犯两点弊病：其一是描写抽象，形容雁宕峰峦之奇，换上地名，可以移用于黄山。其二则材料侧重于所见，把风景赞叹一阵，即为尽其能事，至于风土人情，地形方位，暨政治设施，资源调查，大抵不予采录，或竟漠然无视。稍后得徐宏祖游记，惊为空前奇作！徐氏那种独来独往的旅行方式不奇，写成数十卷游记也不算奇，奇在徐霞客游记中，往往有缜密之观察与考证，纠正旧有地理图籍谬误之处。徐氏查勘星宿海河源没有成功，这是非常可惜的；不幸他生在明朝，无从获得大力鼓励和协助，故论业绩，总是有限。

　　当《康藏行》在《亦报》开始刊出时，我已感觉它是一部具有重大价值的游记。康、藏僻处西陲，中土之人，莫说发愿前往考察，退求其次，想读一本较为详实的书籍，从而了解一些那边的情况，亦复难得。今作者抱坚苦卓绝的精神，完成这个万里荒寒的康、藏旅行，收获丰富，固不待言，而其无上意义，乃在作者发挥了最高智慧，用正确观点，具体介绍千百年来被隔阂着的西南大片土地，使我们由认识而重视，进一步担负起沟通开发的任务。

　　《康藏行》不是一本普通的游记，如果我们单单欣赏作者行文流丽生动，或者撷取一部奇风异俗资为谈助，这是埋没了作者的一番苦心孤诣的！

潘勤孟序于《亦报》

一九五一年二月

作者声明数点

一、因为旅行康藏与写作时间已达十年，虽然根据旅行日记资料选述，仍不免有许多记忆不清、内容错误之处，作者竭诚希望读者们发觉后赐予指正。批评函件请径寄上海邮箱二一九三号。

二、因为本文写成后先在上海的《亦报》逐日发表，要顾到篇幅限制及读者的兴趣，又因为作者是从事工业的人，一向少动笔，所以写得特别简略，因而恐颇多词不达意或漏去重要内容的地方。刊后又匆匆结集出版，未遑修改。诸请读者多多提出意见，以便再版时据以增删。

三、旅行时原摄有照片数百帧，因系三十五粍①小片，放大不佳，故本册未克多予插印。

四、本书写作发表，荷承潘勤孟先生书题并序，唐云旌、胡澄清、龚之方三先生的鼓励与协助。抄写方面则承妹子小云的帮忙。每篇写成后，均由母亲潘镜逐一校阅过。铜图方面，并承康际武兄制赠数块。发表后，荷张资平诸先生提供意见指教，出版时，复承张乐平先生拨冗为绘封面。均此志深切谢意！

天沙一九五一年二月于沪

---

①粍，毫米之旧称。

001~008

第一章　前言

1.

前 言

　　一九四一年秋，我在成都得邓锡侯将军之助，获有机会游历康、藏、青的藏民区域，经过将近一年的时间，再经甘、陕，于一九四二年春返蓉。我生长于江南都市，当要去这高原草地旅行之前，是有一番顾虑的，传说中不仅是劣风奇寒，并且草原上空气稀薄，惴惴于我的肺量与血压能否通得过？并且要以牛、羊肉、乳为饮食，骑骛马以代步，而我却素来吃惯米饭，连骡子都不曾骑过的。可是下决心去了以后，不仅横过了海拔五千余公尺的长江与黄河分水岭的察拉，通过了气候低到零下四十余度的千里雪原，骑过了一百多匹形形式式的乌拉马，吃过了不计其数的毛牛①与大角羊，最后毕竟安然归来，体重也增加了十多磅。这原因在哪里呢？待后慢慢说明。现在先将我经过的路程约略一提。

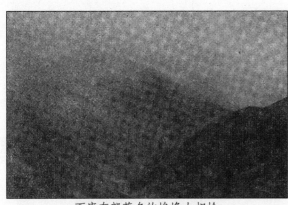

西康东部著名的峻峰大相岭

　　一个初秋的日子，我由成都坐了一天汽车就到达雅安，在这里会见了刘文辉将军，他在西康领导了二十几年的军政，但到那时止也还未到过康定以西的高原地带去过。他认为我们

①毛牛，即牦牛。

打算在隆冬由康北经藏边（在雅安时还不知道肯不肯借道）横越海南大草地到西宁（这条路照例冬季雪封，只通半年的）的走法，是有些大胆而冒险的，但也终于鼓励我们走此一道。当时从雅安起就没有公路，从雅安到康定走了八天，翻过了上下百里当地土人认为诸葛丞相来过的大相岭，和十万红军长征过此横跨大渡河的泸定铁索桥。

到了康定，在这里做了一个多月的旅行准备。康定海拔已高到二千五百余公尺，天天的劳作行动，

大渡河上游远境河流，蜿蜒穿于行崇山峻岭中

将我的肺量强迫锻炼扩大了，每天忍住嗅觉硬吃牛羊肉，慢慢的也习惯了，而且身体逐渐肥硕得增加了抗寒力。马也借来骑了几次，可以坐得稳了。在草地旅行必需用具如皮衣、篷帐等，都也采办完整。并会到班禅大师的弟子丁杰呼图克图及前藏代表等，于是启程西行。

时已初冬，一出康定，就爬上了海拔四千五百余公尺的折多拉（拉是藏语的山），这是国内第二高峰喷噶的北脉之一，山顶终年积雪。由此以西，一直走的都是三五千公尺的高原，要到青海中部的大河坝方才下降，全程中都用唯一的交通工具——骑马。下折多拉后，

康定全境鸟瞰，其前为跑马山及郭达山

骑了五天的马，到达泰宁，住在惠远寺。这是满清雍正时特建以供达赖七世居住的，据说是依照北京雍和宫式样建造，依我眼光看来，要比雍和宫大上二倍，但这不过是三百多个喇嘛的寺院，可以想像出康藏喇嘛寺的房屋之多且大。

在泰宁略事休息，经葛卡、松林口等骑马三日而抵道孚。道孚藏语名"日斯尼漫借"，译意是山尽头汉人的市场。其实这里汉人已不多，不过十之二而已。小住数日，沿雅砻江的支流鲜曲（曲是藏语的河，有的地图上译作鲜曲河，实在重复了）上行，经大寨、虾拉沱等处，马程三日而至炉霍。这县治设在山腰，比它高二三百公尺的是康北有名的寿宁寺，喇嘛二千人，大于县治三四倍，工农红军北上抗日时，曾在这里驻扎过一年多。离炉霍，经家躲①、朱倭，翻过鹿角梁子，约有二百里的路程，到了雅砻江畔康北人口最多的县治——甘孜。这里不仅有西康黄教最大的足容喇嘛三千余人的甘孜寺，并且孔洒女土司德亲旺母也在这里，她这时刚往青海西宁，我就住在她的那座庞大的官寨里，也与甘孜寺的堪布仲萨呼图克图打过交道。

自此以北，人口益稀，我们晚间大多是搭篷帐野宿。尤其峰峦重叠，山径险峻，人伏在马背上如爬行而上。这时候，我的骑马功

①躲，西南方言，身体瘦小之意，与"胖"相对。此处"家躲"是地名。

夫已被强迫着进步，往往上下山时倾侧到七八十度而不致堕马了。从甘孜日夜赶程，足足走了八天才到达金沙江支流濯曲上的德格。中间经雅砻江、绒坝岔、松林口、玉隆、乾海子、竹菁、热水塘、柯鹿洞各站，翻过高达四千七百公尺的雀儿山，时已冰雪纷披，幸获安全走过。这一路中，有两座重要的喇嘛庙值得一提，一是林葱附近的大金

甘孜寺全境，其下相连两所大屋即土司官寨

作者等自带篷帐的露营生活

寺，会见了到过香港、上海能说汉话的罗堪布。一是竹菁寺，虽然只七八百喇嘛，却是康、青红教中的一个重心，主持者是仁木倾活佛，我遇见他时只有七八岁，但已读了几年藏文，他很愉快的为我题了几句藏经。德格也是红教多于黄教，意外的，这里有一所康藏著名的文化工业，就是德格印经院。德格县治很小，但有一个康藏辖地最大的土司，他的辖区遍金沙江两岸邓柯、德格、白玉、石渠、同普五县，抵得上大半个浙江省。在德格停留数日后行进时，气候已奇寒，同伴

作者等旅行生活中一度住过牛毛篷帐

作者等马程行进时之千里大草原上雪景

们带有一支寒暑表，可量到零下三十九度，但在色不空站露宿的那一夜，这表竟降到了最低点。由德格骑马六日，经色不空、祁母潭、马绒、俄滋、躲机岭等站而至邓柯。

邓柯在金沙江边，对江是西藏所派纳夺堪布驻在的青稞寺，当时康藏之限正严，渡江之难有如登天。幸获纳夺堪布的帮忙，得能过江而西，取路喀沙小道以去青海之玉树。这段路马程五天，当时属于西藏管辖，沿途如彭大、塘拖寺、喀沙等地，是十余年前青、藏两军曾经剧战的地方。虽仅只一江之隔，风俗已大大的不同。例如我到青稞寺，喇嘛们特地煮了一盆"人参果"请我当点心，这就江东所没有的风气和吃不到的东西。人参果仅有葵瓜子这样大小，但形体长圆腰细如葫芦，滋味则甜而糯，有点像煮花生。

在玉树又停留了一段时期，为横渡海南大草原做一充分准备。

时当严冬，要走过二十余天杳无人烟的千里雪地，要走过黄河与长江的上游及其分水岭察拉（巴颜喀喇山的藏语）这一大高原。真是又喜又惧，喜的是在小学里读教科书时就向往的名山大川，我得实地旅行，惧怕的是什么呢？老行旅告诉我：只要你的马骑困乏了，到傍晚还赶不上同伴，在这大雪地里，当晚准得被狼群吃掉。于是玉树出发以后，沿途经过秋情

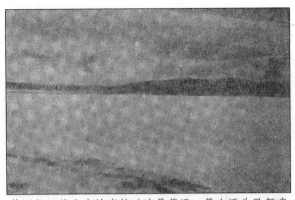

黄河长江的分水岭察拉（这是藏语，蒙古语为巴颜喀喇）近境

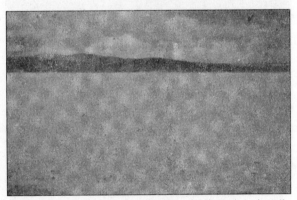

星宿海之一的远景。我们所经的，通事们称之为"朵星宿海"；据说上游数百里尚有一群湖泊乃为真真的星宿海

达、拉卜寺、称多、竹节寺、阿呢、楚浪滩、叉河滩、大休马滩、察拉山根、察拉沟、野牛沟脑、野牛沟口、大野马滩、星宿海、黄河沿、马拉有、精鼻眼滩、马老爷湾、长石头口、积石山、绵草湾、乱泉、羊肠沟、扎梭拉沟、大河坝等二十几个马站，我放出全副精神，小心翼翼的骑着马，一次都没有落伍过，乃得幸免于狼腹；但一路在雪地上看见以前旅人的骷髅，还是心惊胆战。到西宁时，我特地买

远望积山石，该山高度是低于察拉的

马程终点大河坝近景。大河坝在地理位置上可说是青海省的中心点

了几张狼皮回来，以为未饱狼口之纪念。这二十几天的风雪旅程，说来真是毕生难忘的，容后再述。

大河坝是青海中部的重镇，马程到此为止；接上公路，趁汽车第一天宿恰不恰，第二天就到达西宁。旋往附近塔尔寺会见班禅堪布厅的几位朋友和女土司德亲旺母，略事休息，取道兰州、华家岭、天水、双石铺、汉中、广元、剑阁等地回到成都。

花了这么多的时间，才跑了四五个省份，真真体会到我国幅员之大。尤其康、藏、青海，地广人稀，绝大部分资源都尚未开发利用，因之人民生活水准极为低陋。我以一个工程师的资格，更感觉建设工作的迫切与需要了。

009~024

第二章　康藏物产简介

2.

康藏物产简介

一、由金沙江说到砂里淘金

人民解放军渡金沙江解放昌都（昌都是一九一三年后改称的，这一年四川都督尹昌衡率军至此，乃将他的名字和官衔混合而取此名，并将过去的封建采地改为普通的一个县），是进军西藏初次而也是最重要的战役。据报道，我军渡过金沙江是经过充分准备的。究竟金沙江是怎样一条江呢？是否江的成名是如其字面所形容的呢？

金沙江是长江上游的主流，再上去到青海境内，就叫通天河了。我是在邓柯过江，江面在这里虽只百多公尺，但碧波荡漾，水势已深，我是坐着当地特造的木斗船过江的，而再过通天河回返东岸，则已在青海的田达（藏语的译音）地方了；河面只有三四十公尺阔。时值冬季，我只能牵着马在冰上渡（因为冰滑，马常常会失足倾跌，只好慢慢的渡）过河。但夏秋涨水时，这一带没有大渡船，那就费事了。班禅行辕的全部人马，在这里整整渡了一个多月。所以解放大军要作多时的渡江准备工作。

金沙江的砂是含金的，然而很少人到金沙江边去淘过金。康、藏到处都产金，有着这样一句俗语，叫做"走过大草地里，金侠子的一双草鞋也含二钱金哩"。我一路经过的如泰宁的喀吗、道孚的鱼科、炉霍的雄鸡岭、甘孜的科西、德格的堰大等处，莫不是盛产砂金的地方，含金量均比金沙江多，所以金沙江里的金子，就没有人去淘了。内中堰大是下注于金沙江的支流濯曲上游九十余里的一处地方，这一条小山溪，阔不过四五尺，长不逾百尺的一段，最初是由一名朱壁成的汉人来经营的，亏蚀了上万的藏洋；他再接再厉，筑堤拦水，做了十几部水车，居然在三四

金沙江上游鸟瞰，迂回曲折浅滩多沙

年内陆续淘获了上千两的金子（那时金价每两合藏洋三百五十元左右），我因此详细看了一下他的淘金工作。

淘金工人俗称金伕子，他们做着与砂砾摩擦的剧烈工作，都是衣不蔽体的；金砂多是向河旁挖进横洞去取出来，因为没有撑柱，横洞小得仅容一人爬进爬出，工价以每藏洋十二背计算，每人每天，最好的能做到二三十背。另外在倾斜的溪流里，放着一块刻有许多横深凹纹的木板，将一背背的砂，利用水力从板上冲下去，金粒因为比重大，同若干质重的砂砾都留在横纹里。于是将横纹中的金与砂的混合物收集起来，放在一只面盆内，到水中再用更大的震荡，一次一次的漾出砂去，最后盆底只剩下闪闪作金黄色的东西，就是砂金了。据他们说，一百背砂，普通不过淘着钱把金子，砂里淘金，真是不容易的劳动成果！

二、大草原里的骆驼——毛牛

毛牛，是康藏的特产。别处的牛，在康藏高原上是不易生存下去的，不仅受不住奇寒，也耐不了稀薄的空气。只有毛牛，过得了气候与空气这两道难关。

牛在农民家里当然要耕田，可是康藏毛牛的耕田方式，却有点特别，是将拖犁的木架套在牛角上耕的，这样自然不能着力深耕，因为这种农作方法的粗放，所以影响到收获物不太丰富。不过，毛牛对于放牧藏胞，尤其是对康藏的行旅者而言，更有其多方面的重要性。

在康定出发之前，我们就感觉到内地带去的皮箱之不中用，在高原上一冻撞，就轻易的破裂了。我们因此依照当地的办法，在皮箱外加缝上一层生毛牛皮以作保护，果然跋涉了几千里长途而箱子安然无恙，这是与毛牛的触接第一次。

离康定爬上康藏高原，除了代步是骑马外，载运行李就全靠毛牛了。它真耐寒冷，几个大雪之夜，我们躲在篷帐里穿上二件皮衣还冻得直抖索；它呢，在篷帐外面，雪落在背上几寸高，站到天明动也不动，

一头毛牛，我们旅途中正想宰杀以充食

代它将背上的雪掸去，又是启程竟日的赶路了。但尤其重要的，是它忍受得住在稀薄空气里上山爬坡的惊人耐力。如翻越折多拉、濯拉，以及金沙江畔几处峻壁

时，我骑着仔细挑选过的骏马，到后来马力亦衰，只好跳下鞍背，牵缰引马一步一歇的走过险峰；只有毛牛，不管多高矗多难走的山岭，一气贯穿，驮着行李直走到宿营地。这样，我再度对毛牛的认识是深刻了些。

毛牛通常有内地的水牛那么大，但外形则似黄牛，不过它的毛以通体黑色的最多，近年交配渐杂，亦间有黑白斑花像荷兰牛那样的。它外形所不同于黄牛者，是遍身披毛茸茸然，毛长可四五寸。尾毛尤长，有一大丛。毛牛平时看来是很驯服的，藏胞们代它装上很重的载物，将十几头毛牛的牛绳（牛绳不是穿在鼻孔里而是缚在角上的）连在一起，依次行进，像骆驼样很听指挥。可是有时性子一发，横冲直撞，它的角又锐利，往往人会被牛角贯腹而死。我曾亲眼看见一头毛牛发性子直奔了二三里，凌厉无前，有如西班牙的斗牛。

但我第三次更深刻的体认到毛牛是大草原里的骆驼，是在玉树以后，这时要横过千里冰封杳无人烟的大草原，我们依照当地习惯，除带了一群羊外，还带了几头毛牛。首先，这时候不仅草已枯黄，而且上面有一层雪铺着；毛牛却能掘去上面这层雪，吃得下面的枯草，这样可以少带饲料。其次，大雪以后，洼阱的地方都被掩盖了，误陷入内，是很危险的，只有毛牛，感觉灵敏，它能趋避这些洼阱，选择结实的平地走。而有时雪深没胫，行走困难，则赖毛牛先走过去踏得结实，然后便于行走。最后，也是最重要的一点，带着毛牛可以当作活动的粮库，它的肉肥嫩胜黄牛，生肉冰干后削薄片嚼之尤有鲜味，旅行中途缺粮时，杀一头毛牛好供给几百人吃哩。

三、藏胞的衣食之源——羊

到达大河坝的那一天，马程将要结束，我与一位藏语翻译并骑而行。看见草原远处有数十只似羊一般大小的动物，可是行动迅速，风驰电掣，比马还快（后来坐在时速四十公里的汽车里，曾见路旁的黄羊，竟追到汽车前面去）。我问翻译那是什么？他说：这是黄羊，是一种肉味很好的野生动物，不过颇难猎取，不妨我去试试看。说完他策马而去，前进三十余里后，方始气咻咻的扬鞭归来，马鞍后系着一只击毙的黄羊。晚间生火烹煮以食，蘸着朋友所送的西宁醋，确比畜养的羊肉鲜美，大概因它奔跑快速剧烈，肌肉因之发达结实，所以瘦肉较多而好吃。我开玩笑的说：我们应多找几只黄羊，以代替带着备吃的一群羊。他却很严肃地答复：黄羊肉不过偶吃一顿罢了，我们游牧藏胞的穿衣御寒，饮食充饥，是全靠羊群的。

我们通常知道游牧民族是依牛羊为生的，但牛是单胎为多，繁殖不快，故食料取资多偏重在羊。而在康藏区内，因为交通不便，棉与布皆需从远处输入，卖着高昂的价钱，所以穿着亦不得不从羊皮、羊毛上设法了。在沿海一带，穿毛织品的呢绒是算比棉布较好的服装，藏区里却正相反：在玉树，要十二三斤的羊毛（这一带算是国内出产最好的青海细绒），才能掉换一尺粗蓝布；在德格，我约略计算过，一两金子可以买到一千一二百斤羊毛，所以他们以棉布为贵重的衣料，除了土司、堪布等以外，他们将羊皮连成的袍子上是没有布面的（就是毛向身体而光皮板对外），只有妇女，为求装饰优美起见，才在皮袍的边缘上镶着一二寸阔的一条布。我曾在玉树以土制羊皮做了一件皮袍，用八块羊皮连成，重达三十余斤，总共的代价只合三尺粗蓝布，所以我也因为布贵没有做袍面而让它光着皮板子。可是这件皮袍我在途中试穿了一次，就始终没有再用，这样重我倒还承受得住，主要的是羊皮里存在着怪臭味，我实在受不了。因为土制羊皮不是硝的，只是涂点酥油使皮柔软，这酥油发酵后在发生着怪臭。除土制羊皮而外，妇女们以手工方式将羊毛捻成毛线，将毛线织成毡子（更好的叫氆氇，并染上红绿色的花纹），不过制作方法简陋，毡子粗疏得有如城市里用的地毡一样。

吃的方面，除了宰羊取肉而食，主要的还在羊奶，用以制作各种食品。羊奶实在太便宜了，途中我们以一元藏洋买了两桶，总有五六十斤。羊奶除饮用以外，拿去做酥油（也就是城市里用的白塔油）。因为他们没有科学方法培养好细菌，而只是自然发酵，所以有很多杂菌跑进去，又在分离脂肪与蛋白质时当然没有离心机，是用长时期震荡的方法使脂肪慢慢浮到表面，因此分不净，杂质因而分解发臭，虽然用最新鲜的奶来制造，结果却做成了奇臭难闻的酥油。做成酥油后的奶，假如有干燥机的话，原可制成很好的脱脂奶粉，但他们让其自然蒸发干燥后，却变成坚如砂砾的奶渣子了。特别值得一提的是，奶在发酵中途尚未提取酥油时，他们称为酸奶子，这东西极为美味可口，我想北京的所谓奶酪，也就是类似的食品，不过糖在藏区是稀少而又贵重的，所以酸奶子倍觉其酸了。

羊如何养法呢？我想特别介绍一下。因为有很多著书立说的朋友认为藏区人口稀少的主要原因在于做喇嘛的太多。我以为这看法是不确的。诚然喇嘛教有影响于藏区人口，但实在主因由于生产方式，使得人口无法多起来。我拿养羊的方法一说，可以试觇其余。羊的种类，西北各省通常以尾巴分为大尾羊、小尾羊，藏区则多以角分为大角羊、小角羊，大致说来，小角羊的毛较细。交配方面，纯任自然，因之畜种日益退化。但有极大影响妨害着繁殖的是下列三种灾害：一是兽瘟，藏胞们毫无方法医治，一九四三年，青海曾发生大兽瘟，成千上万只的牛羊遍野而死。二是冬天没有羊群的御寒设备，除了小羔羊抱到帐篷里，其他只是秋季剪毛时多留点让它自己抵抗寒冷。每年大雪时总是冻死不少。三是牛羊产品不值钱，他们没有能力积贮冬季牧草饲料，羊群们吃枯草不饱饿瘦因而死亡。因此，他们的羊群经常遭这些灾害的袭击而繁殖不多。

内地总认为牧羊是童子的工作，最简单不过的事，可是我亲眼看见了他们的牧羊技能，不能不大为惊佩，真是劳动生产中锻炼出来的高度智慧的发挥。他们每人要放牧二三百只羊，我们看去，只像一片白云，可是他们精熟到要分别出每只羊个别色相。他们一眼看去，就能觉察出少了哪几只羊马上设法去找到，真是绝顶功夫。至于他们训练得母羊自动回到篷帐挤奶，容后再述。

四、耐寒的大肺马

我国的几大产马区，如新疆的所谓天马，高大的蒙古马，耕田耕地的关东马，善走的川马等，各有其特色；马在藏区受着地理条件的影响，无论在性格与体魄方面，因之皆有异于寻常之处，我所观察到的，藏马在性格方面特别能耐寒冷，在体魄方面则是肺量特大。

藏区通常都是三五千公尺的高原。我们在五千公尺的察拉煮开水时，只有摄氏八十二三度，水就沸腾了，表示出气压降低得很多，也就是空气是如何的稀薄。这倒不是一件小事！据说，有一次青海某军的步兵与某部落的骑兵交战，一阵冲锋号吹起，步兵跑步冲锋百余码后，有十几个兵，就鼻孔流血呼吸接不上的倒下了。可见得平常人的肺量，够不上应付那里的稀薄空气，一等到剧烈动作时，就要发生问题了。我们是在康定等地高原城市住了相当时日后行进的，肺量都已逐渐的扩大，但也只可慢步行走，快一点就感到气喘。而藏马是在稀薄空气的高原上载着人还要奔跑，它的肺量不大怎成呢？所以我们虽然没有杀过藏马（因为马肉不好吃）验过马肺来证明这一点，而同行的畜牧专家则说明确切是这样。

藏马的耐寒能力真值得惊佩。走过几个大滩，雪有尺许深而藏马行若无事，晚间是彻夜的在帐篷外忍受着风雪的袭击。我们为了省燃料，除了煮冰为茶外没有饮马的水，马就嚼雪以止渴。当我过独融大滩中一小溪时，因马已四五天没有饮过水，我特地凿破冰层，马就在冰穴中饮水，一直有二十余分钟，真像我们在盛夏狂饮汽水一样。冬季的藏马，在外形上也有一个特征，它的肚子特大而圆如皮球，因为冬季草枯，营养份差，只好格外多吃些，所以肚子胀成圆形，而也需要多喝水。

可是千里雪原的大行进，就是这样能耐寒吃苦的马有时都还受不了的，我们过察拉之日，一天乏了六匹马，"乏了"就是指马已走不动，我们只好弃它而另换马前进，临别时看它兀立荒野中悲嘶不已，它也似预知晚间将遭狼群围攻了。所以藏民爱惜马力，虽然骑马上山，而下山时往往步行牵马而降。因为长途旅行中，简直人马相依为命的。

因为行程中马的重要，我们慢慢的学着选马方法，古书上所谓"伯乐之术"也者，起初我们着重于马的后腿，这两条后腿是垂直而下，成并行线的，那么这马速度很快，并且步子平稳，假如后腿拐向外作八字形的，那是走起来一摆一摆，颠得你很难受。其他如身高毛色等是附带条件。到后来，骑过了一百几十匹马的经验，再加上藏民朋友的指教，方知道主要的辨别是要察看马的眼睛，才是真真看出这匹马的性格。我是专喜选择驯良而善跑的马，凭这方法去选中的马，到翌日骑起来决不会是桀惊的。可是这种马眼的区别与种类，我当时凭经验只以意会，无法拿笔墨形容出来，到现在隔了多年未用，更不知我这点"看马相"的本领灵不灵了。

五、高原上有森林吗？

提到康藏高原多用草地这些形容词，读者们将误会为像戈壁般只长草而不生树木了；事实上则到处都有森林，而且特多丛生茂密的原始林。因为这一带是横断山脉地区，如雅砻江、金沙江、澜沧江、怒江等及其支流的两岸，都是生长寒带树林的山谷，更以藏区人口的稀少，多年来生长量远过于采伐量，当然逐渐繁殖而成森林。我为什么提出森林作为专节来叙述呢？不但为"藏区是荒草不毛之地"的疑虑作一反证；并且将来水力发电建设起来（另节志述），以森林及矿产等的资源之富，这里是能发展出许多轻重工业的，尤其是需要水力电与寒带林结合起来做原料的造纸工业。

康藏的森林面积与人口比例大得无法计算，例如有一处地方叫渣巴，人口只有四百左右，而森林区的长度要马程五日，横度要马程三日。再拿个县来举例，如德格：马卡松渡、柯鹿洞、狗木顶、龚桠、濯拉、杂科等六处大森林，面积较广的如卡松渡林区长十公里，阔三公里，小的如杂科长二公里，阔一公里。可是德格的总共人口只有一万二千六百人。所以他们尽量的用木材了。房屋多到数里长的大喇嘛庙，当然大部分是木材做建筑原料，小器具如盛糌粑的碗，也是木制。好在这里都是寒带树木，如云杉、铁杉等，木质坚密。在不出铁的藏区，确乎是有许多可以代替铁器的用途。

我通过二十余里长的森林区松林口时，在路的一面有很多合抱大的树焦损着，或已焚毁倒在地上。我当初以为高原地区的雷电有这样厉害；后来才知道这不是天灾，由于若干游牧藏民希望翌年草长得丰茂一点，就在冬天放一把火去烧森林，不以为奇。拿沿海一带的经济标准来看，以一大座森林去换一片青草，当然是不值得的；不过就落伍经济社会的游牧藏胞的眼光看，供应牧畜用的青草，在当地的需要与使用价值反而是高的。

　　藏区颇通行赘婿制，有人说笑话问我：假使想去康藏"招驸马"，哪一类汉人才受欢迎呢？放牧牛羊，种植青稞等等，都不是汉人所长，可是有一桩手艺是藏区所极需要的，而往往就可以凭这一点在那里成家立业，那就是处理木材的木工。藏区大部分的房屋，就以圆柱叠起来当墙壁，而用一根木头锯成几个横穴的独木梯尤累累皆是，这都表示出木工劳动力的缺乏。我在角卡，住在一位张姓木工家里，他已穿藏服，入赘藏女为婿，我很惊奇他怎能远道（他是四川人）到此，他说汉人木工在康藏工作者当达数千，像他这样受欢迎安居不返的亦总在数百家。所以很多人怀疑为什么像康藏这样经济落后制作简陋的地方而能建筑起博大富丽的官寨和寺庙，答案是找到了。原来是这批劳动者的成绩啊！

六、沿海稀罕的几种药材

　　康藏出产着许多药材，有的已经扬名海外，如麝香；有的则是国内中医们认为名贵药品的，如西牛黄。种类甚多，我只选沿海一带比较稀罕的略略一说。

　　先说麝香。产量亦不少。在德格时，据约略估计上一年产五四二

重数十斤的一付鹿茸。但在茸会上
还不能算得冠军哩

〇个；在甘孜，商人们说每年猎获一千四百个以上，输出到国外去的麝香，是二十个搭配成一斤的。猎麝在冬季，香只在雄麝的脐中方有，它们在冬季风和日丽的日子里晒太阳，小虫子闻到香爬进脐孔里去，它将脐一吸，小虫都被吸进去压杀了，所以凡是好的大的麝香，总有只把小虫在内，趁着麝在太阳里晒得暖洋洋浑淘淘的时候，猎人就瞄准发枪；麝比狗略小，但奔跑极速，这时打伤它后需迅速追上去生擒，否则它要把麝下的香自行破坏。

受伤后要自行破坏猎获物的，还有鹿的鹿茸。鹿是在春季猎的，这时雄鹿的茸方生长茂盛。我曾在康定看到一具鹿茸，重达二十斤；每年康、藏、青、川、甘各地所猎到的鹿茸，照例集中到成都西北方的灌县来举行一个茸会，以比较出大小高次。像这样二十斤的茸，还不一定得到冠军。茸之外余下的鹿角亦可入药，而拿它四腿的筋抽出来集成一付的鹿筋，则似是补品而又兼珍贵食品了。我在康定吃过几次，好像康藏所出的牛筋与鹿筋的形状及味道均相似。

西牛黄约如鸡蛋大，是一层薄膜包着黄色粉粒，这是生在有病的毛牛胆囊之旁，大概是一种反抗病菌的一种分泌物。所以可遇而不可求，杀了一条大牛只有小小的一个牛黄，因此价格也很贵。

上面所说的是动物。植物方面，如藏青果、藏枣、藏葡萄、藏红花等，都是各有其特殊用途的。内中只有藏青果我吃过，色青黑而僵硬如内地青果核这样大小，据说性寒凉可以止内热，那时候，我天天吃牛羊肉吃得大便秘结，于是每日含上一粒藏青果像含口香糖一样。但是这东西的硬度实在厉害，我骑在马上将它含在口里整整一天，才稍稍浸软可以嚼碎吃下。

不过这些可贵的药材，到现在为止，都还是沿用古老的方法在采集，人们也还是依照千百年来的旧习惯只知其然的在使用，是亟须好好的加以一番科学的研究，来确定它们的真正功用。

七、康藏有没有手工业

浓重的封建政治经济制度的束缚，使康藏农牧事业都还滞留在简陋的生产阶段里，可是基于社会的需要，和外来文化之接触，终究发展了几项手工业起来，虽然现在的成就还少，但以康藏所蕴蓄的资源之富，等到将来水力发电后，这些手工业都可以机械化而有其广大前途的。

在康定时，就听说鄂博是康藏的一个手工业重镇，它在金沙江沿岸，我很想去看看而结果没有去成，因为要从大道叉出去两天马程。去过的人告诉我：那里的生产规模也是很小的，不过产制藏人喜用的刀剑，所以特别出名。刀是切牛肉或割绳索用的小刀，的确颇为锋利。剑则是藏兵们骑马时横插在腹部（不是挂在腰旁）作装饰的，以表示威武，极少出鞘应用。

现在谈谈我在德格所亲自看到的两项日用品手工业。一是陶器，另一是印经用的薄纸。

康藏各地多有一种栗钙土，黏性很大，一干燥就坚硬如铁，是做陶器很好的原料。在卡松度、柏垭等处，一共有十九家，完全以手捏制成器皿的粗坯，再去烧制。看看硕大粗糙的藏民手掌，在几千里草地无处可以观察技艺的僻野里，却很灵巧的捏制出茶罐、火盆等物。虽然制造陶器只有这一地区，可是他们并不居奇，价格仍是卖得很低的。

手工造纸业则在更庆、汪不顶几处，也将近三十家，每年产纸在五万张左右。这数目在沿海都市里，合起来还不到一百令纸哩，可是在康藏却是件重要的大生产了。因为康藏最重要的文件是佛经，当然都是藏文，这是拿一根竹制的笔，形状有点像钢笔似的，蘸着墨汁，一个字一个字的写成，极费功夫。有了这五万张纸，就可以用印刷的方法来印藏经与佛像，能抵得上几百个缮绘手了。

当地有一种树皮叫"货薪"，一种草根叫"曰加"，他们将它打碎，经过多日的漂净后，混和以当地出的白土，放到水池里去，反复捣击搅动，制成纸浆。那么怎样再造纸呢？他们连榨纸竹簾也是没有的，可是他们还是想出了办法，拿布帛平摊着，将纸浆以熟练的技巧，薄薄的、均匀的浇在上面，一层层叠起来，将水慢慢压出去，再轻轻的一张张揭起来晒干。因为造纸是这样费事，所以纸张的产量不能多。

这纸，因为加了白土，所以质重而结实，因为用了树皮，所以极为坚韧。在简陋手工条件下总算是做得不差的。但究竟还印制不了报纸，所以这么大的康藏地区，到现在还没有一张日报出版。

八、将来的大水力发电站

康定是有电灯的，但我在晚上照例总不看书写字，因为装上五十支光的灯泡，还抵不上烛光的一半。这原因是电厂二部电机的发电量总和不过六十二千瓦，而用电量总在二百千瓦以上，所以原规定二二〇伏电压，常常跌到一〇〇伏以下，电灯怎样也亮不起来。可是电机工程师们却欣快地告诉我，说康定的电灯不久将即光亮异常，而电费更可低廉，这是因为他们正在康定河口建造一个水力发电站。

康定河是发源于折多拉东麓而下注于大渡河的一条小山溪，自康定至河口只有二十五公里，可是落差有一〇四〇公尺，惊涛急流，正是这一带横断山脉里江河的代表情形。康定河的最大流量是每秒一六四秒立方公尺，最小流量只有一二·五秒立方公尺，现在据最小流量计算，也可发十万匹马力的电，这是多么惊人的一件事。

现在康定电厂要举办的工程，与十万匹马力的总电量比较真真是很小的，他们只在康定下游四公里的大升航地方筑了一条三公里半长的导水沟，水头落差也只有一一〇公尺，约能发电七百多匹马力，比较原来发电设备要增加十倍以上，电灯怎不会异常光亮呢！水电发电的维持费极少，因之电费自然也将因之低廉了。

小小的康定河如此，大的江河如金沙江、澜沧江、雅砻江以及雅鲁藏布江等的水力，当然要大上数倍乃至数十倍的。因为都是横断山脉里的夹谷河流，自北而南，自高

康定河一段近景。但即此小河，也可发十万千瓦的水力电

原流入丘陵地带，所以落差无一不大，也就是水流无一不急。我们渡金沙江时，同伴们有的害怕而讨厌江流之险恶；但有的同伴却预见似的说：就是这些恶流，将来要靠它发展成为无数大水力发电站呢。也许将要比东北的水力发电还要庞大而发展得顺利。因为河流既多，落差尤大，都较东北的条件好。而尤其重要的是，水力发电必须建筑很高的拦水坝，和很大的蓄水湖，需要征用大块的沿河土地方克成功的。而地广人稀的康藏，很多地还荒着哩，对于这个征用土地的困难，自然容易解决的了。

025~051

第三章　独特的生活习惯

3.

独特的生活习惯

一、吃的种种

康藏高原虽能种植出耐寒的青稞，但是它的产量绝不能和内地的稻麦相比。内地种稻麦，一亩田地只下几升种，可以收获几担，可是青稞种下一斗，能收获八九斗算是最好的了，普通只能收成个五六斗。这样的生产情形，因而影响着藏区人口的不能繁殖。

青稞炒熟磨粉成为糌粑，这东西和酥油茶成为藏民的经常食品，吃了糌粑易燥结，需要茶来湿润。藏胞旅行时，每天进食也许只有一二次，可是饮茶至少五六回，每回饮茶量，自五六碗多至二十余碗，假如不是亲自看见他们饮过，真要怀疑这二十几碗的数字是诳话了。这茶不是明前、雨前，是雅安出的粗茶，茶叶有铜元大小，茶梗有一二寸长，据说要这样才茶汁浓（可说是单宁酸多），喝下去方止渴。就靠着这点特殊嗜好，多方设法竞争的锡兰茶、印度茶，仍无从排挤雅茶。

我在旅途中，是拿糌粑拌糖像炒米粉样吃的。可是糖之于藏胞，却不是普通食品（因为糖需自云南会理运去，价格太贵），意外的变成了

藏胞们正在饮茶，糌粑捻

妇女冬季的装饰品，她们在面上涂点糖，据说可以避免寒风裂肤。

蔬菜是很少的，我一路只吃到萝卜，可是大得出奇，可证明这一带真真种起蔬菜来，成绩是不会差的。调味品如酱、醋等是没有的，如牛肉他们就风干冻硬了拿快刀一薄片一薄片的切着吃。我起初不敢尝这生牛肉，后来日子久了，惯了也开始嚼一二片，觉得冻干生肉的滋味，确是鲜甜醇厚。

河流这样大而多，鱼虾当然繁殖得不少的。可是藏胞中却没有渔民，因为他们通常是不吃鱼虾。鸡和鸡蛋是有的，但大多数供给汉人吃。因为他们笃信喇嘛教，这是佛教的一支，当然也同守戒杀的教义。但因为地理环境的关系，非从事牧畜不克维持生活，因此不得已退而求其次的产生了这样一个解说：宁可宰杀大牲口，以一条命解决若干人的食物问题，而不愿以个人的口福去残杀若干小动物。因此，形体大的牛羊肉是吃的，小动物的鱼虾与鸡，就少人去吃了。

二、为什么出门必须骑马

在牧畜社会里，像牛羊等都是有直接生产品的，可以解决衣食之需。只有马，却少直接生产品，然而藏胞们都非每家养马不可。不仅因为马是唯一的代步工具，并且在若干行动中非马就不能解决问题。因此一匹马的价格通常要比一头牛贵得多。

因为藏区地广人稀，一出门就要走几天乃至于几十天的路，这样长途的行走，在体力是一个困难问题。在粮食上更是一个浪费，骑马就可以缩短一倍或若干日的时间，而马是吃草的，可以省下粮食。

藏区旅行的歇宿地称为马站，站与站之间短的只五六十里，人的步行还可以赶得上；长的则在百里及百里以外，那就非骑马赶不到站头。所以称为"马站"者，也就是马在一天之内一定能走得到的路程，换上步行就不能保险了。

藏区是高原，所以随处可以遇到峰顶披雪的大山，而山间自然有水并不浅的河流，爬山渡河，人的能耐总是比不上马的。

此外，在战争或自卫方面，马更占了无上的重要性。在各个土司头人，乃至寺庙部落之间，经常发生着小型的战争，一般在野战的情形下，步兵是绝对挡不住骑兵的攻占与袭击的。大家为求取制胜及生存，不得不讲究马及骑马之术。

但是马在协助生产工作方面也不无其贡献。也就是放牧大群牛羊时需要骑着马在照料，可以迅速的驱策进退，并及早发觉与防止狼的进攻。看牧藏民及其骑马普通都不上鞍，就跳上马背去骑着光溜溜的马，自八九岁的小孩到五六十岁的老婆婆都能控制自如，好像城市里骑自行车一样。

藏区里富庶的土司或活佛们，是讲究所谓"金鞍玉勒"的，豪华的马鞍拿真金装饰，一具有值至几万藏洋的。马除了讲求外型的好看外，不像城市里的以四蹄腾空疾驰为上，他们是注重"小跑"的，因为这样才可以适合长途旅行。小跑可说是马的快走步，人骑在马上非常平稳，可以骑马终日而不太感觉困顿疲乏，最好的马，是人在马上拿碗水，当马在小跑时水不倾泼。我也在骑马时将水壶里的茶倒在碗里喝着，没就受到什么困难。

但是藏区也有出门不骑马的人，一种是太穷苦的贫民，他们实在养不起马，只好近处走走，大抵不会出远门的。还有一种特别值得一提的，那就是各地前赴拉萨朝佛或留下去读经的喇嘛们，几千里的长途，全是步行。餐风露宿，越岭涉川，可以想像得出他们的坚苦遭遇与奋斗的精神。不过幸有习惯上帮助他们克服困难的方法，在他们本身方面，总是结伴而行；在行程上则是不计时间，慢慢地走，向到达的鹄的拉萨逐渐前进。在社会大众方面，无论到哪里，不论任何人，对去拉萨的喇嘛是无条件的尽量施予和竭尽全力协助的。

三、渡曲与独索桥

所有康藏的河流到现在为止，还没有一条是通行舟楫的，所以，旅行的人遇到渡曲（藏语的江河），却是一件不小的难题。当我坐火车过黄河，搭轮船渡长江之时，回忆起幸得在水结坚冰，乘马渡过玛曲（黄河上游的藏语）及通天河，这对比太悬殊了。因此，我想将各种式样的渡河方法叙述一下：

我们在道孚渡鲜曲，这河面也将近有一里阔，不过水很浅，只到腹部左右。我们就照藏区最简单的渡曲方法，策马而过。因为水面仅及马腹，所以全体平安行进。据说水深没顶的地方，藏马会慢慢的游泳过去的，不过有时水势湍急，马与水做紧张的搏斗，有的马挣扎乏力，就为急流冲去。

在白利，我们就在藏区特构的一座木桥上走过雅砻江。木桥的座基，既不是石砌的，当然更不是钢骨水泥浇的，这桥座却是在河里打下一排木头成方形，中间实以石砾，所以是很松动的，桥架也是一根根木头连起来，阔不过四五尺，人马走在上面，震荡摇摆，使人心悸，好在这一带雅砻江水波平静，得以减少渡曲的恐惧心理。

渡独索桥时一瞥。这时尚未到河中心

渡金沙江时，来回两次的渡江工具不同，也可以说是表现出汉藏文化的差异。去西岸时，坐的是邓柯方面特地造起来的一艘大木船。别看轻这艘木船，他们是花了几个月的功夫到四川去请了造船工人来造成的。回来时却是搭着藏方青稞寺的皮船了，这皮船是不同于后来在兰州的黄河里所见到的皮筏的。这藏式的皮船，是拿木头扎成方口形，沿着木头下面以毛牛皮缝着一个很大的袋子，因为皮板很硬，就像一个方口的缸一样，当然载重量不多，最多能坐六七个人，就分坐在口子四边的木头上，由二个人拿着木桨划水顺着水流斜划到对岸。当然渡江是在水流平静的时候，假如有惊涛骇浪，这轻飘飘的皮船也许一下子就打沉了。

因为仅有这样简单的渡河工具，如金沙江若干沿岸地方的居民在春秋水涨时简直无法过江，只好耐心的等到冬季，待江面结了冰才渡过去。

上面这些渡曲方法要算是平淡的，带有惊险意味的是铁索桥。我在西康东部时，走过荥经与泸定两处，后者就是红军二万五千里长征时，英勇奋战夺得此桥，在此渡过全军十万人马的。我去时已距红军过桥七八年了。重修后的泸定桥计有十三根铁链，两旁各两根作屏栏，下面是九根，铺着稀稀朗朗的薄木板，可以清清楚楚看到高逾百丈急湍怒流的大渡河情形。河面到这里虽只有百多尺阔，可是每根铁链重达一千八百斤，当然垂作弓形，人如走上面，铁链左右摇荡剧烈，再加上大渡河的涛声吓人，桥板软绵绵的下临无地，的确使过桥者害怕到有点软洋洋。尤其桥上人一多，铁链摆动得更厉害。在平时，管理员是限定同时只准四驮在桥面上的；只有红军要赶时间，乃日夜不断的以单人行列通过。

但更惊险的是过独索桥，那真是对你胆力与体力的一种严格的考验。独索桥大多在河阔水深不能骑马泳渡处，一根粗索作垂月形横悬河面上空，许多个籐做的环套在粗索上，另外一根细绳子将籐环的下端连系起来，有粗绳两倍长，就是站在河的任何一面都可以将小绳拉到对岸。人要过渡时，一只手臂伸进籐圈里曲着，身体得以悬空起来，双脚一蹬，人就顺着粗索溜到河中心索之弓形顶点，就这样一手作钩子样将人挂在河面高空，这时候对于你的臂力以及镇定力，真是一次绝大的试验，你神经稍一紧张，臂曲一松，地心吸力是会毫不客气的将你吸下河里去的。通常在索桥中心略作休息，集中精力，将另一只手拉着粗索向上攀，就是一尺距离，也得用尽你平生之力，因为就等于你将自己百余斤重的身体在一点点的提高呀；索桥是下悬成弓形，你手攀上到半途，稍一气力不济，那你会自动下溜到原处河当中的弓形顶点，所以体力不够的人，是永远攀不到对岸了，那岂不险绝！可是也有偷懒的办法，就是对岸有你的朋友在，他在拉着这根细绳子，就容容易易的将你拉到对岸了。

四、原币作屋的庄房娃

我们初到藏民的农业地区时，看到他们的村落，一座座立体形的房屋散散落落建立在山坡上，这种外形看来，很像现代化的西式建筑，但等我们住过多次，详细观察以后，才觉得外形为什么如此的道理。

上面已经说过，藏胞主要的生产资料是牧放牛羊和种植青稞，青稞虽然以最简陋的手工方法在种植，究竟农业的经营比较粗放的牧畜业为进步了。固然有些地方是在施用轮耕法，即种一年，荒几年，依次轮流耕种，但究竟不能不定居下来，建筑起配合农业的庄房来居住。农牧两者的生活遂有了显著的差异，汉人因称前者曰庄房娃，后者曰牛厂娃，就他们的居住不同，来分别务农，或务牧的藏胞；实际上则庄房娃大多是在过渡状况中，也牧畜些牛羊，可说农牧兼务的。

藏区的土地都是公有的，实际上是由土司头人等地方政权支配。本来地广人稀，造房子无需顾虑到地皮，可以有计划的很整齐的建筑起来，但因为头人们的智识缺乏，凭各人自己任意造屋，所以总是弄得散散落落的，好像防空建筑。尤其街道，忽阔忽狭，转弯交叉，弄成迷魂阵地一般。他们村落的地势，必定欢喜选择山坡或居高临下的地方，交通及取水等不便皆在所不计，这是由于数百年来的不断争战，使他们不能不选择有利的防御地势，因此远远看去，煞似屏风上的一幅房屋高下参错峙立着的图画。

为什么房屋要成立体形呢？因为他们大多以栗钙土筑成的屋顶来代替晒场，这栗钙土色灰黄而性极黏韧，在雨量稀少的康藏高原里足够防御雨水，屋顶铺作平面，一切打青稞工作就在这里做，在作战时则可以立到屋顶去瞭望，成了曝晒农产物的重要场地。墙壁也都是用栗钙土涂得很平的，以便将一块块的牛粪贴在上面晒干作燃料。窗都开得极小，因为没有玻璃与窗纱，只好开得小一点，以避免风雨的侵袭。这样，房屋的顶与面都是栗钙土的灰黄色，好像一块块方形淡咖啡色的蛋糕。

他们建筑成楼房时，通常将底层畜养牛马，不管几层，总是拿最高一层用作经堂，供奉佛像，及延请喇嘛念佛之用。值得奇怪的，是他们没有真真的

以原木横叠作墙的庄房，这个较为富丽的一所

烟囱，就让它烟雾缭绕在房屋之内，我经秋情达之夜，宿在一民居的三楼，栗钙土涂成的地上有穴如碗大，终夜出烟缭缭不绝，下面原来就是他们的灶房，这就是代替烟囱的烟孔了；但我还忍得住而睡了一夜，是因为他们烧的是牛粪，这东西易燃而少烟，我乃在这轻轻的散发着牛粪燃后气味中被催眠入睡了。

五、牛厂娃的放牧生活

在北风怒吼，一望皆雪的草原边缘的山陬里，远远就看见有一块黑色的东西立在地上，那无疑的就是牛厂娃住的牛毛篷帐了。他们为着减低隆冬严寒的威胁，不得不将篷帐移到地势较低下的山脚，寻一个面南向阳可以避风的所在，蛰居着过冬。

春夏草长，那是他们的活动季节，忙着为牲口交配繁殖，寻觅水草丰茂的草地，以便喂壮牛羊。这大伙儿人马以及全部器具的迁移，真是极辛劳而费力的工作，一季里说不定要搬多少次。生活在草原里，他们既没有戏剧或电影可看，于是放牧之余，策马驰驱，放开喉咙尽情的大声歌唱。蔚蓝色的天空，飘着朵朵白云，就作为他们大自

然音乐台的背景。

到了秋高气爽时候，牛羊已肥，乃开始收集产品的工作。钉起一个木头架子，将羊一只只捆在上面剪毛，因为没有冬草和御寒设备，只好多留些毛在羊身上让它自行抗住寒冬，因此一只羊身上只能剪一斤多毛。奶呢？尽量的留下来做酥油，整天拿着个盛奶的大皮囊荡来荡去，想使脂与乳分离，好像拳击家在练习打那个中间悬着的汽袋一样。多余的牛羊拿来杀掉，牛羊肉风干贮藏起来，以为过冬之需。所得毛牛的黑毛，结成一根根的牛毛线，然后编制篷帐。

有人以为游牧藏胞也住蒙古包（就是外作圆形比较考究的一种篷帐），那是不对的，由于藏胞的经济条件和地理环境，他们只能住牛毛篷帐。蒙古包是用厚布和五金零件装配成的，在藏区当然很贵而为一般人所用不起。牛毛篷帐色黑，能吸收阳光发热，保温力尤特别大。我们旅行是带了特制的厚白帆布篷帐去的，过察拉那几天，早晨醒来，对着口的这块篷帐结了寸许厚的一层冰霜，冻得我们清水鼻涕直流；可是有些同伴去睡过牛毛篷帐，暖洋洋的甜睡终宵，竟有不愿再睡帆布篷帐之慨。而牛毛篷帐富有弹性，耐受磨擦，经得住多次搬动而不易损坏。我们的帆布篷帐，不到几个星期已要打补丁了。

牛厂娃所住的黑色牛毛篷帐，这时已冬季故移住到山窝向阳处

走近牛毛篷帐，通常藏胞都是和气迎

人很好客的，但有一件事不可不防，那就是他们养着的藏犬，只只高大得像小骡子一样。见了生客，吠声震天，直奔而来，扑上人身，咬住喉咙，决不放松，直待你死而后已。大概因藏犬顿顿饱啖肉食，所以凶猛绝伦。好在白天它们都是用很粗的颈链系着，要晚上才放出来，巡视在篷帐左右，以防偷窃。所以要走进牛毛篷帐，必先招呼篷帐主人将狗看好，方可放胆进去。

牛厂娃放牧牛羊虽然繁殖得很快，可是除了以前说过的冬寒少草等几种天灾外，还有一项极严重的人祸，那就是汉藏封建统治者所抽收的"草头税"，十只羊往往就被抽去三四只。这种凶恶可怕的"税收"，在牛厂娃心里是含有无限的痛恨的。

六、宝贵的牛粪与羊皮风筒

在大草原里旅行，必定要按着马站，过了站头，即使你宿了营也仍旧饮食无着。那么四顾茫茫，杳无人烟，哪一块地方才算是站呢？首先，这地方要有水（冬天则是冰），更主要的，还要有牛粪可拾。因为有水方能解渴，有牛粪始克举炊为食。然而既无人烟，牛粪又从何而来呢？这是前人宿此为马站留下的，而你带的毛牛所遗之粪则将为下一旅行队所用。如此循环行使，乃能拾之不尽。

草地固无木材或煤块可用，可是为什么这许多牲畜的粪中独选中牛粪为燃料呢？因为羊粪颗粒太小，不中用；马粪性质松散，风吹日晒，即成细屑；只有牛粪，干而成块，燃烧起来，火力猛烈，据藏胞们说，简直没有什么臭气的。可是让我嗅来，还是有些触鼻。

当我们在草地里到站决定扎营时，除了一部分人在树立篷帐，再由一二个人去掘冰取水外，余下的人各携一袋，低头弯腰的分到各处去拾牛粪，不消一个小时，都满袋而归。这时篷帐业已扎好，将顶上一块出烟孔揭起，倒上小半袋牛粪干，将火点着，拿羊皮风筒插进干粪堆里鼓风，只消十几下，牛粪就盛燃得像小火山一样，大家围火而坐，煮茶嚼食，方将那冻僵了一天的身体渐渐暖和活动转来。这时候才深深感念前程旅人们给我们遗留下的牛粪干之可宝贵。

　　草地长途旅行，带炉灶自不方便，我们当然也不会带木柴等引燃之物，使牛粪堆起燃旺，是全靠羊皮风筒。这风筒前面是一根细长的送风管子，后面连着像一块荷叶样的羊皮环起来，和管子合成一个漏斗形。将两手执住羊皮的顶端，两臂靠拢将羊皮的底边拼合着，迅速的将靠拢的两臂向前推动压迫，风就虎虎的鼓出了。在狂风不停的草原里，没有这构造简单然而鼓风有力的羊皮风筒，有了牛粪干也燃不起来的。可是使用羊皮风筒也不是件太容易的事，我试了十几次，不是两臂靠拢不够紧，空气从底边漏出去，就是两臂向前推动不够迅速，不够有力，出去的风像游丝一样，起不了作用。旁观的藏胞笑了一笑向我说：莫轻看这点工作，要好好的练习四五天，将手劲练好了才鼓得出风哩！

七、适应实用的服装

　　藏胞的装束，都是宽袖大袍，这是为求取实用，适应环境而制成的服装，也如华南热带地区穿反领衫、短裤一样。

　　上面已经说过，藏区不产棉，布匹是很贵而缺乏的；他们只好在羊毛及羊皮上想办法，甚至于针线及缝工亦缺少，限于经济条件，他们只好采取"一年四季一件衣"的办法，所以冬天是穿着一件羊皮大袍。到了春夏还是穿着这件大皮袍。皮袍的确是做得宽大异常的，冬天，他（她）们的胸前皮袍内蹲着一个五六岁的小孩儿，还是绰绰有余。所以袍上没有袋子，平时旅行，应用的物品就存在胸前衣内。看他们一件一件的取出来，取了十几件还没有取完呢。袖子特别长，长出指尖半尺以上，为的是防风保暖。下摆通常是垂过脚背而有余的，因此袍子穿在身上不是用钮扣扣住，而是拦腰束上一根带子，用来调节长度，通常男子将袍子束高，下摆垂至膝盖附近，女子则放下到脚背上面。冬天的藏胞小孩子穿着一样的皮袍，一样留满头发，面庞一样的红润圆胖，我们看起来，分不出是男是女，只好看下摆的高低来区别。

为什么皮袍要做得这样大呢？就为了要解决行与住两方面的困难，顶重要是在寒冷的冬季。当出门骑马时，寒风吹来，最受不住的是夹着马腹少动作的两条腿，这就要靠大皮袍前后下摆覆盖着保护它。晚间歇宿，也凭着这件大皮袍就可以随遇而安，他（她）们进屋躺着，头脚一缩，身体团在皮袍里面，上下皮面就代替被褥了。不仅护温，而且皮板经酥油涂抹而柔软，还可抵挡地上的湿气。

因为布贵，除了女子穿一件内衣外，通常男子就裸着上身，天气稍热，就脱去一只袖子，将袖子垂在身后，光着一个膀子和半个上身，再不然，就爽性全脱了上衣束在身后腰部了。我们在康定时，看见喇嘛们穿着大皮袍觅地一蹲就大便起来，同伴们笑他们痾屎连衣服都不解，真是粗线条作风，后来我们自己在寒风扑人的草上，亲自尝到大便时的滋味，才深切明了蹲在草地上大便时，非将大皮袍前后左右披在地上挡风不可，否则露臀出恭，大便未毕，而屁股则非冻得四分五裂不可。

大皮袍之外，近年来手工毛纺织渐发达，不少人已进步到以毡子或氆氇来做衣袍。在康藏解放后逐渐能工业化起来的不久将来，我祝福他们必将更进一步地穿到呢绒制的衣裤。

八、跳锅庄与民歌

锅庄是一种介于汉人与藏胞之间的商业组织，略似内地代客买卖的贸易行之类，其内容待后再予介绍。现在所写的却是康藏民族歌舞之一种，名叫跳锅庄。大概最原始演出是在锅庄里跳给大家看的。

跳锅庄的藏女们，通常都穿着她们最好的服装，如用毡子或氆氇做的，袖子飘垂过指尖有好几寸长，像戏装里的水袖；而若干有关袖子的身段动作，据我看起来倒仿佛似京戏贵妃醉酒里所表演的，不过藏女健硕粗腰，当然没有像旦角那样的"卧鱼"功夫。跳锅庄是一种群舞，至少要七八个人以上跳起来才好看。在甘孜时，我们曾看到一百多人的大场面，那是很不容易的一件事了。

跳法的变化，我当然不曾详细研究，不过就康定以至邓柯一路上所看到的五六次表演的形式，可分为两类：一类是单行，队伍走成绞花或圆形等，由经验娴熟的队首几个人领导着且歌且舞，后面的人跟着她唱歌与动作。另一种是成两行对面立着进退表演，这样似乎行动较能整齐一致点。

因为她们所穿宽大的袍罩着两腿到脚背，所以腿的动作不容易表现出来；而长袖摇曳有致，因此在手的方面几乎一唱一飘拂的。所唱的歌，音节都很缓慢，悠扬动听。我们因为是来宾，听到的都是欢迎赞颂一类的歌，据通译们说，当然有一些是关于爱情以及描写生活苦况方面的。

跳锅庄的姑娘们跳完后，通常送给她们一些砖茶，再每人喝一二碗酒，笑嘻嘻的各散回家。照例是不收受金钱酬报的。

我于音乐是门外汉，她们常唱的有一首很简短的欢迎问候歌，我当时随笔以简谱纪录下来，并注字（上海音）代表藏语，照录如下：

2　61　23　53　2　　2

卡　窝　銷　也　露　　露

（重複一遍）

6　　6　6 5 3　2　　2

喜　嗎　　也　鎖　也

2　6　6 2　3 5　32　1 6

卡　窝　廱廱　拍拉　鎖　撒拉

1 2　6 1　23　5 3　2　　2

鎖拉　撒廳　西　撒也　拍　　露

（上兩句重複一遍）

九、人人武裝的藏胞

我们走过甘孜、邓柯等地，来欢迎的藏胞群众，遥望过去正是"枪叉成林"。这成林两字一面形容枪多，一面是描写枪的特别形状，有加解释的必要：

原来藏胞们用的步枪，不论长短好歹，一律在枪管前部装上一个像机关枪用的架子，这架子由尖端而似鼓槌般的两根细木杆夹横木组成，伏地或骑马射击时，支在地上或马颈上作瞄准架。平时则竖起在枪管上要高出两尺有余，看起来很累赘，但他们每根枪无有不装上架子，并且各人的枪架形形色色，别出心裁的装饰它，有的人甚至用银皮来镶配这架子，大概是表示宝贵这支枪的意思。当人多时，这许多枪架丛集向天叉着，所以有"成林"之感。

　　不仅在这几处大城镇，来欢迎的藏胞们人人都带着枪支，就是沿途行走时遇到的数十百起藏胞人众，只要是出门旅行的，无不个个武装，有的除了背上一支步枪外，腹部更横着一把大型宝剑，头戴着由整张狐皮制成的大皮帽，为状殊觉威武。因为在有些部落里，对于盗匪的处罚是很轻的（反而对于做贼的处以重惩），最多是查明了抢去的东西退回一部分给你，所以旅途中莫不需要武装自卫。

　　我想举一个小统计来显示出藏胞们真到了人人武装的状况：邓柯一县据调查共有男人一八一七人计一四六七户，内壮丁六四〇人，可是单快枪就有八五〇枝，子弹二九九三〇粒，另还有鸟枪六九四枝，合起来有枪一五四四枝，差不多是一人一枪了。

　　除了通常用步枪以外，他们最宝贵的是盒子枪，要土司、头人或大商人才能佩用。他们与西康另一少数民族彝族的使用武器习惯相反（我赴康藏青前曾去彝族居住区的西昌一带旅行），彝胞最喜用手枪，而一路上我一直没看见藏胞有佩用手枪的。

　　藏胞们的射击准度是很高的。我们买到的狐皮，大多中弹孔多在狐的项下或臀部，而腹背等毛好处较少。可见中的极巧妙。而在上面这个统计中，八百多支枪只有三万粒不到的子弹，平均每支枪所有的子弹还不到四十粒；因此他们射击极审慎，真所谓"弹无虚发"。

　　有一件事是沿海都市将感惊奇而在藏区城镇却是很通常的一件事，那就是子弹的公开陈列出售。我在玉树曾就售卖的店铺问过价，那时的价格要八块藏洋一粒步枪弹，拿羊毛去换要合到十五六斤；这样贵的子弹，藏胞怎能不珍惜呢。

十、藏胞的礼节

　　藏胞间是颇为讲究礼节的，固然有的是表示欢迎，有的则是表示尊敬。初见面的朋友是通行彼此互赠一块哈达，下属见上级则献一块哈达，土司与活佛是接纳哈达多而互敬用途少，因之往往积存着数十百余幅的。哈达是川西产的一种特制绫质品，疏疏松松如窗纱，以色白是尚。愈高贵的哈达愈长阔，我们收到的某一个大哈达简直二幅就可以缝成一床被单了。献哈达的形式是双手在胸前曲举与肩齐，将哈达平披于拇指及无名指之间，持哈达上升至头顶又下降再平升向前至受礼者面前请收纳。

　　在德格时，我曾见到土司泽旺登登的出行，他的属民见着了赶快走到道旁恭立着。待他经过时，一律俯首弓腰之外，还将舌尖伸出口外半寸许，再挤眉弄眼个不停。这样的怪现象，是满清时沿袭下来，表示畏威慑服的意思。可见封建统治阶级高压手段之一斑。

　　我们在金沙江东行进到将达宿站一里多路时，便看见路旁有两条白线，蜿蜒到我们所住的房屋为止，据说这是表示欢迎的意思，我觉这件事还有带路的作用，到是很实在的行动，因为当你一天骑马疲乏之后，省得再去东问西询，顺着白线就到了。这风俗到了金沙江以西，不用白线划粉，改以小石子排列在路旁。

　　我们经过金沙江以西的村庄，看见在他们经过的道旁，拿柏枝半燃烧着，使发生浓烟，这也是隆重欢迎礼节之一种，大概还含有指示方向的作用。在房屋与地面颜色因一律是栗钙土不易分辨的时候，这浓烟远远就使你确认到要经过的地方。

　　凡是来欢迎的群众，都是背枪佩剑骑马的，你不用害怕，他们愈是全副武装愈是表示对你的尊敬。

我最惊奇的是藏胞们致欢迎词之冗长繁复。到道孚时刚住下，灵雀寺的乌却活佛来访，馈赠礼物并致欢迎词，一气到底足足说了有三刻钟之久，据通译翻过来的大意，是自国泰民安、农作丰收等等说到欢迎我们经过道孚，种种形容词多得无可再多。我最初以为乌却活佛熟娴经典，所以念经似的才有这样冗长的话，后来一路遇到无数欢迎者都是一说就点把钟的，才明了他们以多说为表示尊敬的意思。

两位在吹笛的喇嘛，他们所穿前面像裙子样的一件，是织绣得五彩缤纷的

喇嘛寺的欢迎队伍是极好看而且是好听的，因为他们持着若干佛器成为一个仪仗队，并还有一队音乐，我记得过藏边班庆寺，喇嘛来迎，他们的这个仪仗队和音乐队就有一百多人，一律骑马，最前面二三个喇嘛戴着船形帽子的是执事，有的手上提着香炉净水瓶等，而以幡样的佛器最多，有二三十面，上书藏文红黄缎子做成的大纛，是仪仗队的中心。音乐队里，鼓笙铙钹俱全。有四个大喇叭，声音洪大吓人，而也长得惊人，喇叭口是由前一个骑马喇嘛持着，而由后一个骑马喇嘛吹响。还有两个吹笛喇嘛的装束最妙，衣帽都由各种颜色镶成，膝前像围裙似的遮着一块花毡子，粗看却很像苏格兰高地兵乐队里的鼓手装束。

十一、藏文与藏语

康藏的言语、文字，都是自成一格，与汉文、汉语完全不同。我在康藏的旅行时间不算短，应当可以学得一点，但因一路上都有土兵（只能传话而不懂文义）、通事（略识文义）、翻译（比较通悉文理）的伴同解决文语问题，所以自己反而偷懒了没有学习。现在，只能就我生活上所接触到一鳞半爪，写出一些。

我一开始骑马，特请一位藏胞照料我，初步学了两句藏语，怕马跑快了要跌下来要求慢慢走，藏语叫"茄里茄里松"（读作上海音，下同），已经疲乏得不能再骑，需要休息时，藏语叫"纳锁"。我就靠这两句话开始了马程。

在泰宁至道孚途中，我发觉了藏胞虽因喇嘛教关系不大吃鸡，但这一带仍有养鸡而卖鸡蛋给汉人的，鸡蛋藏语叫"惜"，一路"惜惜"不已，买了不少鸡蛋当点心。后来遇到牛厂娃渐多，我们想着不妨向他们买点牛奶试试，牛奶藏语叫"荷吗"，这种新鲜牛奶的确不错，于是日日想买"荷吗"，这声音倒很像母牛在长吼。

后来马也能渐渐控制了，因为乌拉制度关系，往往一天一掉马，或一天掉二次马，遇到新的管马的藏胞，我们通知他备马，藏语叫"搭切雪"，要换马时我告诉他要下马，藏语叫"搭本借"。由这两句话，可以知道马的藏语叫"搭"，我因此觉得他们的语法是与汉语不同，如"切雪"与"本借"等动作的动词都在名词之后，与汉语语法刚相反。后来我请教于一位翻译，他说确有不少藏语语法与汉语语法真是颠倒转来的。

有的在藏语里简单，而且汉语去解释倒要一大堆，例如察拉的

"察"，是指慢慢高上去的山坡，我们花了二三天的马程，才爬上这巴颜喀喇山的南坡，可是到了山顶还是要走半天的一大片丘陵地，绝对想不到这是高达五千余公尺的长江与黄河的分水岭。有的藏语则较汉语为复杂，如黄叫"吗波"，白叫"葛波"。

因为没有好好学习藏语，闹了不少笑话。一次，扎营下来，我看见一位藏胞的马很好，上去拍拍马鞍，他却大叫"骑马"，我应声就上马拉缰奔驰，可是他却又竭力的想拦着我，我正怀疑既欢迎我骑马，为什么又言行相反，经过通事赶来解释，才知道鞍上挂着一个羊皮风筒，这物件藏语叫"欺吗"，他正要取下来应用，而我却误"欺吗"为"骑马"，竟要奔驰而去，他怎能不急呢！

关于藏文，内地的佛经上很多用着，不少人看过。它必须横写，自左而右。看去一划一划似的，上下带钩。因此藏区有很多地方就拿竹削尖蘸墨汁来写，好像使用钢笔尖似的。

十二、寂寞的老年人及其归宿

由于高原生涯之与风雪剧烈搏斗，无论放牧或务农，皆需要强健充沛的体格与精力去应付。因此，藏区是重视青壮年人而不甚尊敬老年人。老年人亦只好退出了生产岗位，依附坐食，寂寞的度其余生。

老年人既少从事生产，闲暇特多，所以格外致力于念经拜佛。起早睡迟，一天不知要念多少遍，他们还嫌不足，又做起一种小转鼓来。虽然只有小酒杯那么大，可是内中藏着一卷藏经，他们相信转一转就等于念过一卷经一样。因此手里转小鼓比口里念经还要起劲。

风霜的侵袭，劳作的剧烈，使藏区的老年人倍显衰老，五十多些，已是脸上皱纹密布，与吃了酥油特别茁壮的小孩子一比，有着极显明的对照。一家中也只有对待去做喇嘛的子弟特别优惠，老年人是没有什么好待遇的，嚼着那淡而无味的糌粑，冻僵的牛羊肉更因齿衰而吃不下去。

他们生了病，到现在还没有什么医药诊治，只能祈祷神佛保佑早日康复。不过他们生了病后，好像自己犯了罪似的，就单独住开与家人隔离着。这对于若干传染病倒是很合科学原则的。

人死以后，不论家境贫富，必须请喇嘛念经，富的请喇嘛人数愈多，念经的日期亦愈长。

虽然藏区的荒地这样多，可是我们从来没有看到藏民筑的坟墓，因为他们是不通行土葬的，只有如荒地上的遗尸，没有人来花钱葬殓时，才掘土来掩埋，因为他们认为有罪恶的方是用土葬的。

一般的都用火葬。火葬以后，骨灰是不保存的。

居住在江河边的人，多为水葬。待喇嘛念过经后，将尸体抬到大河之滨，去除衣服，系以沉重的石块，选一个激浪奔腾之处，将尸体抛进去，几下翻腾，尸体卷到水底去了。葬仪完毕，大家很满意的回去。他们认为水里的鱼是喇嘛转生的，所以很优游自在，埋葬在水里是幸福的；假如偶一尸体浮起来，则认为生前的罪重尚未超脱净尽，须再延请喇嘛念经超度。

富有及有地位的藏胞则举行天葬，经过盛大的念经超脱典礼以后，排着仪仗队、音乐队，将尸体送到天葬场，普通多在喇嘛寺的左近的荒僻山坡，待呼图克图或堪布为死者做了最后的法事以后，由两个喇嘛吹起庞大无比的大喇叭筒，"呼都"一声，原来盘旋在空中的大雕（看见仪仗队来时，它们就飞到天葬场等候了）四集，人们自行散去，大雕就停到尸体上去嚎食。大雕展开双翅有丈多长，饥时就捕获小兔以为食，所以吃起尸体来很快。隔一二天去看看，假如还没有吃完，则加点酥油糌粑上去引得大雕再来吃，直到吃完以后方认为死者可升天堂，因此天葬是很光荣的一种葬仪。

十三、雇读的学生

我到达汉藏杂处的道孚时，去参观一所省立小学，学生中藏胞自多于汉人，用的是当时上海出版机构编的什么"国定教科书"。他们闻说我是上海（在他们认为）附近的人，于是康藏籍的小朋友们，拿着那硬读不进去的书上问题，纷纷请我解答，真是数不清的疑难。略举几个例，如橘子、香蕉究竟是怎样的东西？书上的小学生是常常提到这些的，而他们却是连他们的老父亲都一生没有见过，而他们天天在吃的青稞，则翻遍了所读的书，找不到有关的一字半句。又如书上说到出门旅行，总是坐火车乘轮船，这又是什么东西呢？他们是骑马驱牛惯了，简直与现实的情况一点都联系不过来。提出的问题如此，我的解释真是无从说起。

这样格格不入的情形，不仅教科书而已，若干课程亦然。我参观了他们的体育课，还是体操拍球这一套，他（她）们穿了宽大的衣服，动作起来是如何奇形怪状极不方便。若是改为同样有锻炼体格作用的骑马及藏式舞蹈，那就十分合适了。又如音乐课程，在教着满江红词的"怒发冲冠"，他们既不懂意义，咬字读音更不准确，唱起来句读不断，怪腔百出，很像个滑稽歌曲似的。但歇下来偷偷唱起他们自己的康藏民歌时，则多是抑扬顿挫、音准腔圆。

我当时以为在道孚是办教育的人方法不妥，才有这种怪现象，哪知后来一直走到邓柯，以至玉树，参观了所有为藏胞设立的小学校，都是这一套情形。我于是明了了过去反动派那些办教育者，根本没有尊重少数民族政策的思想，一意孤行，拿沿海都市的教材，硬要塞到游牧或半游牧社会的儿童脑筋里去，这样读书的结果，当然对现实社会丝毫没有用处，于是普遍的发生了下列情形：

据道孚小学校长告诉我，所有康藏（西藏仅有拉萨小学）的小学生可分三类：第一类是汉人子弟，当然占极少数。第二类是"强读"的康藏学生，也是少数，就是强迫某一藏民家里，要他派人进校读书，而他家里是勉强答应的。最多的是第三类，即所谓"雇读"的学生，这是被派到进校读书的藏民，认为这实在是乌拉差之外的另一种虐政"当学差"，因为进了几年学校要变成在藏区无用的废物了，所以出钱雇请家境贫苦的人，来抵充这个当学生的苦差。因此，那些学生的年龄情况是极不一致的，雇读的小学生，竟有二三十岁的大个儿。

这样教育的后果是可想而知的。根据这位校长说：他们学校上一年好容易毕业了七个学生，除了二个强迫送往康定升学外，其余的都步行前往拉萨学佛去了。

解放后的康藏，是需要费一番大力去革除旧教育的错误的。

十四、复杂的藏洋

在满清末年，反动统治的清廷设立了一个"藏边大臣"，他除了血腥的镇压藏胞，滥肆杀戮外，还弄了些经济上的新花样。在货币方面，则是委托成都造币厂鼓铸了一批藏洋。这藏洋比铜元略大，银色成分只合到四枚小银角左右。当时在藏区渐渐流通起来。满清倾覆以后，西康的局面一直由四川的军阀所盘踞，虽然是一个掉换一个，可是滥铸成色低劣的银元以取利的这套把戏，却变本加厉的施之于藏洋，当然每下愈况①，币种变得复杂极了。

藏胞慢慢地也知道劣质藏洋之充斥，与切身利害有关，他们不得不努力来研究如何分别优劣。当然他们是没有科学化的试验设备，只得设法以藏洋的外表来辨别。大概军阀们认为藏胞易欺，率意的粗制滥造罢，给藏胞们在这批各种版别的藏洋上找到了破绽。原来藏洋的铸造，最早最多的是在光绪三十四年，当时的藏边大臣为了讨好主子，将光绪皇帝载湉的像铸在正面，反面则有三十四年字样，及汉藏文四周排列，中间是朵小花，后来的军阀们全照这版式仿造，而各发生差异。

藏胞们辨别的结果，对于银色最好的藏洋叫"无领"，就是载湉的像是穿着没有领的满清朝服。大概后来鼓铸伪藏洋的军阀们，认为没领的衣服怎样穿得，硬给载湉像装上了衣领。其次银色差一点的叫"简四及横花"。这大概是军阀们初仿造时，忙中有误；四字中间两笔本来是一撇一弯的，都变成了垂直而下，反面中间一朵竖立的花也横放着了。再仿造下去益加粗制滥造，这种藏洋叫"驼背子"，因为匆匆雕造模型，将载湉的背部雕得像驼子一样。最劣一种简直乱造，藏胞名之曰"铜披"，抹去了薄薄一层银粉，就全是紫红色的铜质。不识汉文的藏胞，对于藏洋优劣要分出这些等级，是饱受封建统治经济压榨后无数痛苦积累体验出来的。最后他们实在受不了伪藏洋不尽的诈欺，终于想出方法来作消极的反抗，就是用藏洋时将它一劈为二，由横断面来验看银色。

因此我们在玉树所看到的尽是半个的藏洋，变成各地使用银洋中

①今作"每况愈下"。

最特别的现象。但他们贸易收付时并不是逐个点收，而仍是按"打"的以秤衡重后计算出多少，所谓"打"，即原来一个藏洋的重量，衡银的小秤因之也成为大小商人必带的用具了。因为最初劈开藏洋时，竟有狡猾之徒从中抽出一条，两半凑不成一个，只好秤过方作准，可见得藏胞们受侵害剥削真是重重叠叠的。

在德格听藏商说起，拉萨的通货以金银为主，但亦有纸币，用印度运进来的牛皮纸印刷，纸色黄而花纹粗糙，票面分"七两半"和"一百两"等几种，七两半的当时约合藏洋五六打。后来发行益多，币值益跌。这很显明的是帝国主义爪牙侵略西藏的毒辣手段之一种了。

十五、独特的商帮与古老的贸易方法

在内地，商人通常是文弱者，但在康藏却不然，商帮是一个武器充足的战斗体，每一次草地远途贸易，是真真名副其实的长征。

过甘孜时，去访问当地的陕南领袖孙庆才，他寝室内床边就挂着擦得亮晶晶的六七支快枪，他说，他们晋陕商帮深入大草地各处做买卖是出名的，已有数百年的历史，也可说这数百年是不断的战斗史。所以现在愈大的商帮则装备武器愈多，武器也愈新式，从陈旧的刀剑，而火枪，而进到现在的快枪。一路上货物与人马的安全是全靠自己的武力保卫的。

一个商帮至少是数十个人，一二百匹以上的牛马，动辄横越大草地数千里，行程几个月。因此这个团体组织必须坚固，纪律必须严明，行动必须军事化，才能经得住长途的考验。诚然他们因为承袭历史传统关系，其组织与纪律的内容，大多不免是陈旧的方式，甚至有浓重的封建意识。

所谓帮主，不仅积资甚厚，而且也是老闯江湖的，其权甚重，一切行止由他决定。伙计们的操作是极辛苦的，每天早起要将这许多货物扎上马背，沿途不息的照料，打尖时他们去放马，宿营时要将货物叠得整整齐齐的成方城或圆形堡垒，以防御袭击，还要竖篷帐、拾牛粪、生火、做餐，大家睡了，他们要持枪轮班守望到天亮。虽然工作这样艰苦，而报酬是最少的，因为这是"规矩"。

他们的贸易方法至今还墨守着古老的传统，就我所看到的特征可以提几点出来谈一谈。第一，因为他们是远程贸易，一年通常只做一趟买卖，最多亦不过二三回而已，所以利润打得极厚，按货物计算总得赚一倍或二三倍。第二，因为通货携带的不方便，同时也没有这许多通货，康藏的汇兑是不通的，这样就只好采取"以货易货"的方式，例如几匹马调换多少砖茶之类，若干买卖显得很勉强。第三，他们做买卖没有市场，如玉树是藏青康闻名的商业集中地，可是店面寥寥可数，并且也没有多少货色，主要的贸易不在街面，而在里面的院落内举行。论价计数，仍是采取秘密方式的"摸袖"洽商，他们做买卖时，不知者还以为他们是在比赛握力呢！

商帮一到，总是住在锅庄里，锅庄是两层的四合院，中间的天井就堆货色，因为商品大多是用牛皮包盛装，稍稍打点雨亦无妨，楼下系牛马或堆存经不得雨的东西，楼上则住客商。锅庄照例供给客商糌粑、酥油、燃料及水四项，不论住多久时间都不取费的，但等客商的货卖了，则抽百分之四的佣费。客商与锅庄的关系，往往历数百年而不替，这样，老客商的居住权变成了一笔固定资本，很奇怪的，是这些居住权可以由锅庄庄主当财产一样的自由买卖，譬如康定的白家锅庄将某五帮客商的居住权卖给陈家锅庄，明年这五帮客商到康定时就很听命的移住到陈家锅庄去了。因此有的锅庄就渐渐没落。例若康定原号称有锅庄四十八家，但一部分锅庄将客商卖了闭歇，现在只剩三十几家，规模最大的瓦斯碉要比小规模锅庄的客商多上十几倍哩。这瓦斯碉是一位女主人包云环负责的，所以又称包家锅庄，女庄主在康藏是很普通的。

052~057

第四章　康藏妇女

4.

康藏妇女

一、赘婿制

上一节说过的康定瓦斯碉，我曾经由一位朋友陪同去访问过包云环女庄主。她是藏胞，但因她在北京住过几年，还能讲得一口很不错的京片子。在如此高寒的区域，她的庭院里却培植出负有盛名的木本牡丹。以她那样见多识广，但亦只能随和习俗，采取着赘婿制度，将她的事业传给女儿。

原来她有三子一女，二个儿子是活佛，住到喇嘛庙里去了，另一儿子读了书亦预备做旁的事。而女儿则打算招入一赘婿来接做锅庄工作。不过赘婿只是站在帮忙的地位，主要事项仍由女庄主负责。我最初原以为这仅是包家的特殊情形，但到了另一大锅庄白家，问起情形也是如此。后来走过不少藏胞游牧部落，很普遍的看到赘婿制在盛行，才明了这已成为藏区社会的经常现象了。可是在宗教方面，则当喇嘛以至于地位较高的格西、活佛等都是男子。这样，好似很矛盾的情形，实在是藏区的政治与经济上不平衡的发展，因而反映于社会制度上的结果。

由于地域条件的影响，藏区经济方面的生产手段一直是落后的，大体上停留在牧畜及粗陋手工农业为主的生产阶段里，因此氏族社会中妇女为经济主体的制度，也局部的遗留了下来。因此妇女在这些牧、农操作上都占了主要的地位。更现实的理由，我想是因为这些粗陋生产手段的收获物都只仅够维持生活，假如照汉人以男性为社会经济中心办法"分家"又"分家",这种经济情况将被分割得支零狗碎,益不利于生产,也影响于大家最低生活,所以采取着赘婿制度,将生产资料可以一贯的由女性为家庭中心保持下去。

在元、明、清几朝,外面的政治压迫不断伸进藏区,有几个"皇帝"和"边帅"们处心积虑的要麻醉与镇压藏胞,他们极力在宗教上用功夫,作为间接统治的一种工具,使不少优秀的藏胞男性青年范之于宗教的圈子内。可以说是以外来政治力量硬造成了藏区男子的从事宗教工作,而使主持经济事业的女子须听命于宗教,以便巩固着帝皇们的统治。

所以藏区人口中的男女比例,总是不等的,大致经常是女性多一些。

也许有人会发此假想:既然是赘婿,经济权操于女性之手,那必将发生"怕老婆"现象了。那又不然,因为做赘婿并不是坐食嬉戏,逸乐终日的,做赘婿的也必须是整天的劳动工作,与妻子只是分工合作,决不依赖,是一个独立而有用的劳动力,在人格上绝无高低,所以藏胞虽盛行赘婿制度,而没有妻子虐待丈夫这种情形的。

二、劳动妇女

初至康定,看见一位十八九岁的藏女背茶砖,为之大吃一惊,因为茶砖篾包堆在她背后,高出她人一半。茶砖篾包每包重十六斤,汉籍青年工人普通只能背五六包,而她竟背上了十包。但后来看到康定背茶包的几十位藏女,都有背个八包十包的能耐,我们到真是由吃惊而进为钦佩了。不仅如此,康定河与雅拉沟的水,据说俱不可吃,全城饮水皆取给于文昌阁前的一个泉井,井水供应全城也是由藏女们背着水桶分送的，工作最多的，每天背到二百多桶。她们工作的辛劳，真出乎我们意料之外。

当然如藏胞男子一样，她们主要的劳动，是从事于牧畜工作。关于挤奶以及做酥油的部分是全由她们担任的。挤牛奶每只有十几斤好挤，每家总只有几只牛，还容易解决。挤羊奶，则每家往往有几十只乃至一二百只，这可费事了。每只羊虽只有斤把奶，却不是每天一次可以挤完，而又不得不放它们出去吃草，假如带了奶桶到羊群里去挤，又恐怕有所遗漏；于是她们想出办法，训练得母羊们自动回到篷帐来挤奶。这当然是下过一番功夫的，她们去牧放羊群，在羊群堆里寻找，看到有的母羊奶部渐渐涨起来，她们就将这母羊牵回到篷帐，到篷帐里才代它挤奶，经过多次反复训练，乃做到使母羊在奶涨时能自动循路回来受挤。据她们说，有些日子，要挤一二百只羊的奶，整日不停地工作，挤到后来连手指都肿到像萝卜粗了！

到了秋天，得做剪羊毛工作了。每只羊可以剪下二三斤羊毛。可是工具太简单，只有一把剪刀，连个磨刀石都缺乏。剪时留长了怕所得的毛少，剪短了又怕羊冻死。小心翼翼，剪下了几百斤毛，结果仍换不了几包茶与几尺布。因此，她们就设法自纺羊毛绒线，和自织毯子了。因为这纺这织都是用顶粗陋的手工器械，看她

一位健硕的劳动藏女，你能想得到她能背几百斤重物吗

们日夜的捻毛线，每天才只纺得几两而已。及乎严冬届临，这保养小羊羔的责任又落在她们的身上，她们特别小心，甚至有的晚上就怀抱着小羊羔而睡，以防冻毙，这辛勤将护真非言语可以形容。

当然在牧畜环境里她们都是能骑马的，可是她们多没有马鞍，而骑光溜溜的马。这骑光马可不是容易的，前无缰可拉，下无镫可踏，全靠有力的腰腿工夫。假如藏女们不是由劳动操作而锻练得健硕，则一骑光马快跑时立刻就被摔下来了。

三、康藏妇女的装饰

爱美是妇女的天性，藏区的妇女们，自然也喜欢装饰。不过，因为物质条件的限制和风俗习惯之不同，她们的装饰，在汉人眼光中看起来，有些是觉得奇异的。

先从头上说起：藏区是没有理发店的，所以，女孩子们大多是纯任自然的留着满头长发。等到年纪渐长，发也长得更长更多，已无法让它散披着，于是就结成辫子。在较为接近汉人风俗的域区，则将头发结成两三股大辫子盘在头上，这盘发形式与汉妇相似，而一看就知道她是藏女。因为她们不论年龄老少，扎缚发辫时必定用不少的红绳和红布，这在汉人是只有三四岁的小女孩子才这样装饰的。可是依照原来藏俗的结辫子，可就繁复了，她们是将头发结成一二百支以上的"细辫子"垂在背后，富有者往往将红、蓝、黄各色的玻璃珠或珊瑚珠缀在细辫子上，远看起来，真像上海理发店门口挂着的一串串玻璃珠门帘似的。所以结这些细辫子是极费时间的事，往往须邀请女伴们帮着结二三天方能结好。

脸上自然是不施脂粉的，也没有护肤的雪花膏之类，因为北风实在寒烈，她们只好搽点碗儿糖在面部来抵抗寒冷。碗儿糖是靠近云南的会理一带所出土糖，熬煮好放在瓷盅里凝结，凝结后便成为酒杯大小的一个个圆饼。因为这种糖含有杂质，所以凝成软块，颇似中药里的阿胶，搽在面上，无法使之均匀，成为一粒粒的样子，远远看去，很像这人脸上有了许多黑色大痣。

三位头梳无数细辫子的盛装藏女

衣服做得宽大，已见前述。由于劳作之易染尘土，所以普通服装也以灰、黑、蓝等是尚。但是妇女穿的一件内衣，却大都是大红色布所制，当她们在屋顶打青稞或远道骑马而来时，很显著就辨认出来。因为红教喇嘛所穿的是全身红的，而她们只红在上身右面；那是当工作时她们将右手部分伸在皮袍外面。

穿的鞋子，汉人称之为蛮靴，很像城市里穿的长统套鞋，是软羊皮缝合所制，考究些的则在这靴上画着许多花纹，这靴子轻软合脚尤便于骑马。的确穿了这蛮靴骑在马上，可以增加不少姿势美。不过藏区没有橡皮跟或硬皮跟之类，靴底没有跟，那么冬天穿靴踏冰雪时要受寒冷从足底侵入了？她们又想好了抵御的方法，就是将毛牛的尾毛塞一丛在靴底，它的暖足的功效，足以与吉林的乌拉草并称。

058~072

第五章　剖视康藏的喇嘛教

5.

剖视康藏的喇嘛教

一、宏伟精致的寺庙建筑

说起藏区的建筑，自然首推喇嘛庙。当我们在杳无人烟的灰黄原野里驰驱了一天之后，望见远远山边，有宏伟辉煌的庙屋一大片峙立着，大家莫不兴奋而惊叹；兴奋的是我们有了宿处，惊叹的是这样荒僻地区里，居然能建造出那样广大的寺庙屋宇！不能不钦佩他们所费人力物力毅力之巨。

大的喇嘛庙都傍山而建，如黄教六大庙之一，宗喀巴诞生得道的塔尔寺（其他五庙为拉萨三大寺、日喀则之扎什伦布寺、夏河之拉卜楞寺），就傍着鲁沙尔镇旁的小山层次建造。康北最大的甘孜寺，则将高达二百余公尺的一座山从山顶到山脚都造满了。能容二千余喇嘛的炉霍寿宁寺、道孚灵雀寺，前者在一座大山之腰，后者虽无高山可傍，亦找了一处高坡。至若老班禅圆寂的结古寺，更高高的雄踞在山顶上。红教的竹箐寺，它下面民居，所在是石渠、邓柯两道会合的一片平地，却弃地就山，在离民居一里多路的半山窝里造起房屋来。我想这许多庙宇所以要建筑在山上，主要的大致是便于占着地形的优势以防御敌人。听说寿宁寺与灵雀寺等都曾经作过几个月的攻防战。他们费力的将庙造在山间，以求防御优势，是不无原因的。因为喇嘛寺不仅是藏区大批壮男集结之所在，也是藏区财富积聚最多的地方。

寺庙房屋的外形如民居样是立体式的，就是大殿经楼也是高高方方的一座，虽然略有变化而不大，大的殿屋通常都在中部，四周绕

依坡斜筑围以高垣的寿宁灵雀寺之一部

甘孜寺最高处以铜范铸的一座小殿俗称金殿

以喇嘛搭建的住屋。到最高顶上通常是一座小到只能瞻礼膜拜而不能容人的殿，最尊贵的佛像就供在这里，而也往往是一座特殊的建筑，如甘孜寺最高的一座号称金殿，大概是以铜范铸而披以金的，但在阳光照耀下看起来也够辉煌的了。普通殿宇则以庞大木材建成，画栋雕梁，极尽精美，一般汉人都意料不到有这样精致的建筑成就，其实建屋的雕刻匠、泥水木匠等原都是聘来的汉人而在长期工作着的。至于喇嘛住的房子仍都是泥茨土阶，那是他们自己造的了。

　　庙屋是傍山而筑了立体形的，还恐防御力不够强，有些大喇嘛庙特地筑上又厚又高的围墙，当然是利用就地材料栗钙土的泥墙，筑得厚到步枪弹贯穿不过。这真算一桩不小的工程，有的长二三里乃至于四五里呢。藏区各地都没有城垣，有了这种设备，大喇嘛庙就等于一座城了。

虽有了这样防御设备，更主要的是要有武器，在这点上喇嘛庙是与内地寺庙大大不同的，每个喇嘛庙都有很充足的武器，而喇嘛们除了念经之外，也莫不善于射击骑马。

二、以颜色来分喇嘛教的派别

喇嘛教是属于佛教密宗之一支，其经典精深广衍，信徒有钻研二三十年不过阅读了一部分的。以此因教义演化不同而形成各种派别，普通藏胞们为了无法从教义上去区别他们，只好由各派的服饰或庙宇建筑所最明白表现出的颜色来分辨，因此在通俗的称呼上，成了黄教、红教、花教、白教及黑教，其实只是一些派别而已。

现时占康藏喇嘛人数最多与最大庙宇的，自然是黄教，这是各教派中的后起之秀，是于明中叶时，由西宁附近鲁沙尔地方的喇嘛宗喀巴到拉萨钻研经典有悟后，从红教分出而自行创立起来的。其著名的两大弟子，即达赖、班禅（其实如拉卜楞的嘉本样呼图克图，也可说是他的大弟子），传到现在不过十多世而已。但因明清两朝的帝皇将相们，认为黄教这种研经、苦行、戒杀、禁娶等做法，是更较红教有利于他们的统治的，所以拿政治力量大为推动，因此黄教得以迅速开展。而呼图克图制的推行，虽使继任活佛的灵童决于汉官金瓶掣签式的批准，象征着教权更被统治于满清皇权，但在对内方面讲，则宗教的统治权一贯而稳定，寺庙规模及财富都可以日益积累与扩张，所以大喇嘛寺都是黄教的。黄教喇嘛穿的衣帽主要是黄色，其他佛器、装饰，自也以黄色是尚。

红教势力也不弱。在康定，汉名金刚寺（因寺内有一部用真金粉末写的金刚经而成名）的红教度吉扎寺，就远较黄教那摩寺为大。在康北若干县，红教的繁盛更远超过黄教，例如金沙江边的邓柯全县，计共有三十四个喇嘛庙，内黄教九个、花教五个、黑教三个，而红教有十七个。占了总数的一半。红教喇嘛穿的衣帽是大红色的，他们庙里不供宗喀巴，而是以莲花祖师等为主要供佛。

花教的喇嘛庙也不算少。我沿途所住的如藏边喀沙小道上的搪拖寺，称多的东程寺、林葱的俄滋寺，都是花教。花教又称萨迦派，是以后藏的萨迦寺为其大本营。花教倒并不是衣服穿得花花绿绿（服色仍很似红教），而是他们寺庙的墙上髹①以红色及白色与黑色间杂的条幅。所以花教的寺庙，一到门前就辨认得出。

白教的寺庙不多，我亦很少接触，他们穿的衣帽有似黄教，但是寺前墙上并无红黄等色，而纯任其本来面目的。

人数最少的当是黑教了。这是历史最古老的一个教派，常常不能与其他教派相合，因此显得格外神秘些。康藏本地的黄教以至白教等喇嘛看来，他们都是正规的钻研经典，只有黑教喇嘛却是在搞些左道旁门，因此黑教喇嘛的出现，辄为一般藏胞所注意而敬避的。我曾与一个黑教喇嘛接谈过，觉得说他的神秘行动也无非是一种猜想，他们研经苦修与其他喇嘛无大差别，不过他们穿戴的衣帽，略显灰红色而已。

三、最尊贵的佛像

喇嘛教既是佛教的一支，对于佛像当然极为注重。如黄教之于宗喀巴、红教之于降魔天尊等，教徒们自无不竭尽心力的想制造出一个尊贵的或更尊贵的佛像，以为信仰之寄托。那么就藏区的习俗看来哪

①髹：把漆涂在器物上。

些佛像才够得上算是最尊贵的呢？

　　过去在内地，无论是泥塑或木雕的特别高大的佛像，总认为是难得而很尊贵的，甚且以大佛或卧佛等称呼这寺而扬名四方。例如谈到北京各寺的佛像，总得推重雍和宫第六殿里高七丈五尺的栴檀佛，和西山卧佛寺里长一丈六尺的卧佛。我所参观过的康藏各喇嘛庙，像雍和宫栴檀佛那样七八丈高的佛像几乎每寺都有，并不认为稀罕，他们所尊贵的佛像，却是形体很小的。例如黄教圣地塔尔寺中最尊贵的一座像，虽因塑在殿顶高处（离我头部有四五丈距离），不能测出那佛像的最准确的尺寸，估计下来，最多也不过像蓝墨水瓶般大小。下面所说到的几种尊贵的佛像，往往是比这更要小的。因为他们尊敬这佛像的标准，是以塑制这佛像的物质或艺术来决定的。

　　由纯黄金铸就的小佛像，自是尊贵的一种。可是，小铜佛却意外地比小金佛更尊贵。不过值得尊贵的小铜佛是有其几种条件的。至少有一二百年以上的供奉历史，而曾经为其先代的呼图克图或堪布等赴拉萨研经时携去又携回的；至这小铜佛的雕刻艺术也是比较好的。

　　一种绢画或彩漆画像也是很尊贵的，也往往是多年的古画。笔法都极精致细腻。我曾见过画佛像的喇嘛，修躯黎面，粗手粗脚的，却画出那样精妙的佛像，大概是他们毕生专做这一工作，精神贯注的缘故。他们不但画得好，而且所选画色材料更是特别考究的，别的我不明了，他们画到金黄色时，是以真金研成细粉末敷上去的，所以颜色可历久不变。

　　更尊贵的佛像是香灰或泥做的，但这泥灰内需掺有著名呼图克图或堪布的唾液、头发或指甲等，最好是血液或骨灰，所以这泥灰自不能多，只能塑制小佛像。这佛像如何值得尊贵的情形，更视呼图克图等声名大小以定高下。我在甘孜，曾承某堪布赠以最名贵的香灰所塑小佛像一尊，他们再三嘱咐，认为像这样尊贵的佛像带在身边，一定可以保佑我旅途平安，因为这小佛像是老班禅圆寂时，有他的血液掺和入香灰制成的，所以即出重金亦无处购买。我随便将佛像放在右上袋内。半途中曾因不便携带想转送别人，哪知道随行的通事和土兵争着要讨，我只得收回。这样倒引起了我的注意与宝重，历经了万千里路，一直珍藏了十年直到现在。

四、念经、坐静与拜佛

藏胞们之勤于念经，到很似显宗的净土派一样，认为这是修行悟道的最重要条件。不仅前面说过的，老年人拿唯一希望寄托在念经上面，就是壮年青年人，他们坐着的时候固然不断的念经，走路的时候也是不停的念经，骑马疾驰时更是急急的在念经。可说除了张口说话及饮食外，其他的时间无有不尽量念经的，但是他们仍嫌不足，还要引用各种方法来协助他们增加念经。所念的经种类据说很多，因用藏语念，我听不出，能听懂的只有"唵嘛呢叭咪吽"一句而已。

可是到了某一时间，这现象却变成了由极而厄，有些人则又在实行"坐静"去了。我过玉隆之日，没有遇到康北忙人，雄才大略的夏格刀登（现任西南军政会委员），据说他正往某寺山上去坐静。这些坐静小室的环境，我倒是极为向往的，尤其忘不了的是金沙江西岸的班庆寺和通天河右岸的拉卜寺两处。寺后巉岩壁立，峻峰高拔数百丈，冷峭不可逼视。可是在悬岩峭壁间，有这么几十所习静小屋高下错落的散布着，而山间绝无小径，我道过时正白雪封山，寂寥如画。我疑此中无人，可是这寺后的巉岩小屋里，却确是有若干人在过着坐静的生活。他们带了一点糌粑与水，攀援而上，觅一无人小屋，日间坐静，晚间即拥所着皮袍而卧。既用不着取给饮食于山下，也没有人来探望他们。及乎粮尽，则事毕下山，自来自去，是丝毫用不着惊动旁人的。我记得二十年前游普陀山，每个大庙里也都是有些和尚在坐关习静的。每间房门口贴长封条三四，大锁七八把，可是坐关和尚却在小洞口与游客絮絮论谈佛法。与藏区的坐静相较，其形式与内容都是截然两样。

　　念经与坐静似乎都不大劳动，于是拜佛以调剂之。藏区的拜佛，是一种剧烈的动作。我看了才明了这就是所谓"五体投地"。他们拜时，先矗立着，然后身体猛扑向前，到了两手两足都直伸四张，整个身体俱密贴伏地而后止。再爬起来，重新矗立着，继续再拜。这大起大倒，是四肢百骸俱在剧动的。而且不拜则已，拜一次就至少拜上几百乃至于几千拜。我所看到的塔尔寺宗喀巴圣像前面几块专备为拜佛用的大木厚板，据看管喇嘛告诉我，一年得为信徒们拜穿后换上几次，就是为这种几百拜几千拜剧烈动作所磨穿的。

五、经塔、经鼓、经幡、吗咪堆

　　国内较大佛寺，无不有塔，据说最初的作用是以之藏佛舍利的。可是藏区喇嘛寺的塔，则作用与形体俱属不同。因为他们有转世的活佛，无需贮存舍利子，所以塔的作用主要是以之贮经的。而所谓经，并非如内地那样在白纸上印黑字，他们在砖石上也是刻经的，塔的周围更可写上经文，所以每座塔都是实心的贮刻经之石，否则如中空而可登临的话，变成践踏经文了。塔面刻着或写着经文，便于阅看，故很多塔都筑得不高。藏胞们每绕塔一周，便认为已念经一遍了。

藏胞们建筑的经塔，据云绕塔而
转即等于念经

塔大都筑于寺庙外或旷野，而在寺内用作贮经并以之作为转经之用的则为经鼓。经鼓只是说它的形状似鼓，根本不能击鼓作声，因为它内里贮存着无数经卷的。经鼓多油漆得金碧辉煌，其庞大尤可惊人，往往很大的一个殿，就只容得中间放一个经鼓，其直径自数尺以至一二丈。高度有的更达数丈。这鼓中间立着支柱，可以以此为枢纽而使经鼓回转。藏胞们因为经鼓腹内贮有这许多经卷，故认为转着这经鼓的作用比念一次经更大。早晚有暇，就挽着经鼓下端的环或柄而推转。这倒是桩很费力的运动，我曾试转过那种丈许直径的经鼓，吃力过于内地的推石磨，不过鼓径大，走得慢，所以虽转久了尚不至于头晕。

上述转经的工作都是必需用人力的。人需吃饭、休息、睡眠，不能继续不断的转经。更虔诚的教徒们，于是想出将经鼓装在河滨，利用水流冲击，使其日夜不断的转。同样的，利用大自然动力的还有依靠风吹之经幡。经幡是以经文印在绢幅上面，多成长条状，旁系以木杆，插在屋宇高处或其他能受风的场合。微风一动，幡飘不已，他们认为这也是在念经一样的。经幡初悬上去白辉灿然，时日一久，渐变灰黑色。但在我们旅行者看起来，是还有指标作用的。

吗咪堆则相反，是一堆不动的经文了。原来藏胞将经文一节，或"唵嘛呢叭咪吽"六字，或佛像刻在石头上面，放在路旁，积久而成堆。这中间以刻有"唵嘛呢叭咪吽"六字藏文的石头最多，故称之为吗咪堆。有的一块石头面上四周围刻得密无间隙，其雕琢之精细殊可惊佩。我曾带回来这样一个重重的石头送给一位民主革命人士，他亦认为他的石藏里独缺此物。有的石头刻佛像的，多涂以彩色，甚至有涂上金的。如在甘孜附近的一处吗咪堆，长度几达一里，这中间的刻石真是洋洋大观。而吗咪

喇嘛朝拜吗咪堆
（远处为一喇嘛庙）

堆对于行路者更有一种指路的功效。我们爬越列拉，翻十数峰峦，行五十里荒地皆无标志，等到日落西山，才看见一处吗咪堆，不禁大喜若狂，知道已近宿营地热水塘，今晚有温泉澡可洗了。

六、堪布、呼图克图与格西

大的喇嘛寺中，喇嘛多的有几千人，其职司当然是分得很细的，如铁棒喇嘛是专管教规的，总其成的则称之为堪布。但另一种意思，也可通称为喇嘛中的高级领导分子。例如班禅行辕在国内各地，对外行文系用堪布厅出面，则堪布好似秘书，堪布厅又好似智囊团一样。

堪布不是世袭，是用较民主的方式推选出来的，大抵是聪明才智而又干练的人物。堪布多由呼图克图或格西中充任，大庙里往往有呼图克图及格西数十人，由这数十人中再选拔一个人出来，自然是熟悉经典与富有智慧的喇嘛了。内中呼图克图是靠先天的条件，格西则全赖自己苦修而造成的。

呼图克图是活佛转世的藏语。每个活佛圆寂时，暗示其转生的地

点是有详有简的，大体说来，是靠揣摩与体会，于是照着这个方向寻去，找到若干出生时日相近的聪慧儿童，除了一些高级的活佛需用金瓶掣签制外，普通就以老活佛的用具杂以伪具请他们拣选，拣准的儿童就是继任呼图克图了。于是推举庙中学行俱优的喇嘛，负责教导小呼图克图以至于成人。

格西是往拉萨三大寺多年研经以后，经过当众面考合格授予的一种荣誉。普通到拉萨去研经的喇嘛，多已有四五年以上的藏文与经典的根蒂。可是考格西大致分三个阶段，即使智力很好的喇嘛，也得经过二三年，方能修毕一阶段，每段总结起来，要研经到七八年后，方能参加考格西，至少已是做喇嘛十几年以后的事了。考格西主要用口试，所以格西们通常口才都很好，而富有雄辩技术的。

七、喇嘛乐队与跳神

喇嘛们的生活，看起来好像很枯寂，整天的在念经，但是在重大典礼或过节时，他们组成的乐队和举行的跳神工作，却是很有趣的一件事。

喇嘛乐队及其仪仗队

喇嘛乐队在前述的欢迎礼节里，我曾约略说到他们人数之多。当然最精彩的表演是在跳神。我住在躺机岭之夜，适值次日喇嘛庙里要跳神的先期音乐预奏。时已初冬，月光如水，在肃穆的环境中，听乐队婉转吹弹，笛声尤娓娓回扬不已。真想不到那样粗豪的喇嘛们，有这样细腻深刻的音乐造就。可是在跳神中所着重的音乐演出，这细腻吹弹只是占很少的一节时间，主要的是急鼓咚咚，喇叭呜呜，以表现急剧奔腾之致，而配合跳神的刺激性的。

跳神多在冬季及春初举行，大抵在收获以后，表示驱除魔鬼，以显示神佛的威力。这真是喇嘛庙的一个大典礼，似乎在表示出他们是为民服务的在做除害工作。

跳神需戴上特大的假面具，当然，神佛的面具是善良好看的，魔鬼的面具是狰狞可怕的。通常的跳法，是装做由庙里的神佛驱逐恶魔等出来，到庙前空场上着意表现一番，也可说是动作剧烈的舞蹈，从舞蹈中描摹出神佛如何在驱逐、压服魔鬼的情形，大有赖于喇嘛乐队雄壮声音之帮助，加强表现出神佛的威力。到后来的结局是：有的拿着粉制的鬼形物件叉进沸腾的油锅，表示魔鬼已消灭；有的则将装鬼的喇嘛一直赶跑出去，象征着魔鬼是驱逐出境了！

八、喇嘛寺的经济来源

朋友们常很奇怪的问我，康藏的生产能力既这样的简单，而这样庞大的拥有几千人的喇嘛庙，在经济方面，怎样解决呢？是的，他们有许多经济来源与解决办法，是不同于内地的。

首先，他们当了喇嘛，并不像内地的和尚一样，出家后就吃定了庙里，他们每家男子中去当喇嘛后，是应该由家里源源供应所需，而且家人们也是乐于供应的。只有家里无人或无法供应者，才就食于庙里。所以喇嘛们大体是个别的解决私人经济问题。

当然，公经济也是需要很大的，这许多的房屋、佛像、法器，这笔数目实在不少，它们最重要的经济来源，是依靠贸易经营所得和信徒们的捐献。

每个庙里，都专门派了一批喇嘛，长年在外经营远途贸易，这贸易的数目都非常大，主要以茶叶、皮毛等为交换的货物。因为藏民无不是喇嘛教信徒，因此得各方之助，贸易进行都是非常顺利，所获的盈利却都很大。并且庙里对于做贸易的喇嘛，都有一个严格的规定，即是贸易的结果，是只准赚不准蚀的，蚀了得由你自己补出。于是年复一年，贸易资本的积累，都变得非常大。

藏胞们对于喇嘛庙的捐献，也是极可观而且是惊人的一件事。他们常常将辛勤积聚了十年二十年的物产或财富，毫无保留的全部贡献于某个喇嘛寺；而且这一举动，决不会遭到其家人的阻挠，大家都认为多捐则多有福。捐了以后，人人心神愉快，觉得人生前途更有希望。因此有许多人到了老年，往往尽捐其财产予喇嘛庙，而自己则孑然一无所有，但他却快乐的以死后能升入天堂的希冀为安慰。我在旅途中，曾看到不少藏胞，带着好几匹牛马载着东西急急赶路，而又不像是在做贸易，托通事们一问，原来都是送去捐给庙里的。

九、德格印经院

喇嘛教代表了整个藏区的文化与教育。由于受着经济条件简陋的影响，他们的文教工具，也都是很简陋的，例如竹制的笔，手写的经等等。因此，这个略含有工业化产品意味的德格印经院，在康藏喇嘛教中，是占有极其重要的位置。

印经院设在德格，主要是附近乃手工造纸区域，另一方面，则因德格地处金沙江边，便于将印刷好的经文发行到江东西两岸的康藏广大地区去。

印经的方法，还是用一块块的木版，版幅通常不大，藏经是成狭长条形的，一行行的自左向右，印

德格印经院中的印经木版，方的印佛像，狭长的印藏经

版因此也是长条，长约尺许，阔只三四寸，很像朝笏，印佛像的则是方方的很大的一块，线条雕得很细致，均是白纸印以黑色。

德格印经院藏有这种已刻成的木版达十余万块，真是洋洋大观，他们建筑了二十几间房子来堆存这些木版。每一部藏经的篇幅都是很长的，所以一部经短时间内印不好，往往须预定几个月或几年方克印竣。

藏文笔划尚称简单，行列亦很整齐，刻起来故较容易，亦很好看。不过从事于此的喇嘛们，都工作得极勤奋，不计代价的终年刻经，他们当然认为这也是修道方式之一种，不是以普通工人自居的。

各方面向他们买经是采用物物交换方式的，通常需以若干糌粑或酥油等来换取一部经文，所以印经院在经济上可以自给而且有发展的，在一般的喇嘛教事业中，这要算是最特殊的一种情况了。

十、稀少的女喇嘛——觉母

当喇嘛几乎成了藏区男子们的一种专利，但是毕竟有少数女子

也深刻的信仰喇嘛教义而出家、入寺修道念经，这样的女喇嘛称之为觉母，不过人数是稀少得很的，例如前面说起过的邓柯，有三十四所庙，喇嘛有八二九人，但觉母寺只有一所，人数仅二十人而已。

女子当了觉母以后，并不能增加她们的宗教地位和政治地位，而觉母寺当然也无法去做长途贸易，人们也不会倾其财产捐给觉母寺的，因此觉母寺的经济来源不佳，她们的寺庙建筑等等，自未能作多大的发展。

在举行种种宗教仪式时，觉母也与喇嘛不同的，她们当然不会举行打鬼跳神的仪式，也组织不起大喇叭呜呜的喇嘛乐队。最主要的，是拉萨没有觉母寺，她们无从前往研经考格西以提高宗教地位。当然，呼图克图制度在她们中间也是没有的。

觉母很难说属于喇嘛教内哪一派，大致是与黄教相近。有些红教的喇嘛寺是可以允许妇女居住的，可是觉母寺却从不许赘婿进去住。觉母们平常出行穿的衣服即是通常民服，在寺里是否穿喇嘛服，则因我未去过觉母寺，不得而知。

觉母寺的公共经济收入既不好，所以还是靠各人家庭的供应；另一方面则靠她们自己牧畜农耕的生产所得。因此觉母们的出身，大致是家庭经济较富有的，并得其家中人的同意与支持。听说夏克刀登的妹妹是觉母，即此可以推想，这与每家有壮男便去当喇嘛的情形是不同的。

073~082

第六章　略析土司头人制度

6.

略析土司头人制度

一、乌拉制度

"乌拉"可说是藏胞们所遭受最剧烈的一桩痛苦。这制度，是满清政府派赴藏边的刽子手赵尔丰精心创制完成的。所谓"乌拉"，即是由人民义务供应公家交通运输的差役，小至于一二匹马，大至于动员几千匹马、牛与人员。过去的藏胞们，多是经年累月的在负担着。

"乌拉"原是供给牛马，同时藏胞们自然不能不随着照料。关于牛马的饲料和人的口粮，都是规定着自行料理的。有些地方，虽照章略有补贴，但实际上往往仅不过三五分之一而已。

"乌拉"的路程，通常是照土司或头人的区域来划分的，长短不一，长的如康定至道孚，须八日。短的如林葱至白利，只有二十里，因为林葱土司的辖区仅只这么大而已。

冬季的"乌拉"，对于藏胞真是一种极大的灾难。如康定的"乌拉"，来回要十六天，有的时候还得候上三五天不等。这二十天以上的饲料，他们往往备不起，只好让牛马嚼枯草，硬任苦役，而往往中途不支倒毙。我们在折多拉顶上路旁看到不少的牛马骨骸，据说就是"乌拉"的悲惨结果。随"乌拉"照料的藏胞，称为"乌拉娃"，照例到了各站是没有房屋供给他（她）们居住的，就在屋檐下露宿过夜，冰雪严寒，也只好拼命挡住。因此，一趟较长途的"乌拉"差下来，往往会得病的。康定附近，过去为了逃避"乌拉"，藏胞只好日移益西。

过去更不平等的现象，是在藏汉民族杂居的地方。如道孚城区有六个保，藏四汉二，这二个汉人保是可以不出"乌拉"的，因此更加重了藏胞的负担。

这些坏现象，解放后自然可以适当的纠正了。

二、台站与官寨

藏区无旅馆，台站可以说是官方设置的旅馆，不过是沿着交通大道线上设置的。当然这是配合"乌拉"站程，大致土司、头人的驻在地，必定有台站。

台站的形式，通常是一排二层的房屋，也有简单得只是一排平房的，四周则围以土墙。通常官家的人员住在楼上，随从居住楼下，院子里则系牛马。因此"乌拉娃"是没有地方住的。人少还可以占居楼下一角，人多则自然被挤到院子里去露宿了。

轮值到台站来照料服务的叫"汤打役"，这是"乌拉"之外又一种苦差使，若干应用的家具，都是由值班的拿来供用，首先得做打扫工作。其次须烧煮茶水，燃料中所用的牛粪，也由他们自己带来。官员的行李用具，自然由他们搬上搬下。再加上其他杂项呼唤。但是这样的工作是毫无报酬的。

与台站之简陋成强烈对照的是官寨的华丽，官寨是土司或头人所居，或则是重要城市中在过去建以供大官所住的。通常房屋筑成口字形，高度总在四五层，每层有房屋四五十间，所以一座官寨，合计至

玉隆地方的台站与官寨。左面白墙长列的是台站，右面五层高屋即夏格刀登所居之官寨

德格土司所居官寨的内境

少在二三百间以上。

假如是一座五层的官寨，它的底层系牛马，二楼贮物品粮食等，三楼住各种执事人员，四楼则由土司自己及家属居住，最高的五层是供佛之所。假如只有四层，则二楼兼作住人与贮物之用。

内部装饰得最华丽的自是四五两楼。通常天花板墙壁等都漆成朱红色，以金粉描成各种花纹，颇有北京宫殿式房屋的气概。

最特别的是他们的一座厕所。我曾看到玉隆官寨四楼上有一小间伸出楼外，我当初原以为是瞭望室，却原来在地板上凿成一穴以为坑；登临如厕，颇有凌空飘飘然之感。

三、土官的组织

康藏土官的过去名称，有什么宣尉司、安抚司、千总、百户等等，现今说来，大致可以分为土司、头人两类。

有的土司辖区很小，一共才几百人，实在比有些头人的规模都差得很多，这样的土司机构因之也很简单，就直接的自行处理一切了。可是统辖数千人以至数万人

一个土司业巴会议里的四位业巴

的大土司，他的统治组织，就有相当的层次体系，以掌握政治、财政、军事各方面的工作。

土司之下，设立一个业巴会议，这几位业巴也就是大头人，土司辖区内的重要事项，是必须要经过业巴会议商讨通过才能决定的，然后再以土司名义发号施令实行。业巴大抵是四人，经常在土司官寨里工作，业巴会议的主席，执掌军政大权，其余三位业巴，或管理钱粮、财政，或料理土司官寨内的事务。

业巴之下为丁估，每个土司范围内设一二十人至三四十人不等，约相等于一个小型的县长，也是中级的头人。成绩好的丁估，可以选任为业巴。

丁估之下是荒渣，即在各地方工作，能干的也可以升充丁估，或选到土司官寨里去当差。管区大的土司，有荒渣近百人，这就是普通的头人，约如村长一样。

荒渣直辖藏民分二种，一种是普通上粮应差的属民，另一种名柯巴，是专为土司头人耕牧的，除了上粮以外，作战时他须率先应命的，是这支军队的中坚，因此枪马备得较足。

土司有事时，征调柯巴及属民，照例一切食粮、盐、茶、马料等，概由自备；他们大多装了一个小口袋，带在马后。有时候作战甚久，带的粮食吃完了，始责令附近村庄凑合供应。所以有的人马，往往集合久了，又渐渐散去，因为要回家去续取粮食等物。这样看来，土司的组织虽有系统，而又是很散漫的。

四、辖区最大的德格土司

遍数甘肃、青海、四川、西康、云南诸省藏胞居住区的土司，自甘边的卓尼土司，以至滇边的木里土司，总在百名以上，比较起来，辖区要以德格土司为最大。

德格土司的辖区遍金沙江东西两岸，纵横各在八百里以上，抵得上半个省份，所以藏胞有"天德格、地德格"的形容词，说走了多少天，还没有走出他的辖境哩。现在将他的辖区划分为德格、邓柯、石渠、白玉、同普五县，的确每县也要走上七八天哩。

德格土司拥有强大武力是闻名的，据说集中枪马可到六七千，而且很迅速的可以调集起来。他们的调兵方法是很有意味的，如有事，由土司衙门发出文书，说明集合的地点与时间，所有具备枪马的藏民，会得自带粮食等前来报到。若是急事，则如古代的羽书一样，在文书上黏些鸡毛，藏胞一见就明了，会得兼程赶来的。假如这事情更急迫，则在这羽书上加木炭，则是表示十万加急，一见到应立即起行，必得日夜疾驰到达指定地点，听候差遣。

德格土司的业巴会议，主席就是夏格刀登，他总揽兵马，指挥若定，因有这样强大的武力，所以马匪步芳曾很想进犯德格土司而终于不敢轻举妄动。夏格刀登的政治思想也是很进步的，现在第五十世的德格土司才不过七岁左右，所以实际上政治动向也是由他掌握着。在西南尚未解放时，他就已远远的派代表到北京去了。

德格土司不仅雄于力，也富于财。他向属民征收的物品是多方面的，如青稞、奶渣、酥油、羊、马、牛肉、角麻、茶、羊皮、牛皮、狐皮、毛毯、狼皮、猞猁、布匹等等。其中以青稞及酥油为主。单单酥油一项，一年就要收到好几万斤，其他自可推想而知其数量之大了。

五、女土司德亲旺母

康藏著名的孔洒女土司德亲旺母，她的年龄，今年大约有三十六七了罢。但在十三四年前，却因她的婚事引起了甘孜事变，招来了康藏间很大的一场战争。

孔洒土司的辖区虽没有德格土司大，但地居雅鲁江及鲜曲沿岸，都是富饶之区，所以财力也很充足。武力则枪马也有三四千左右，且因官寨位在地居要冲的甘孜，故于康北局面有举足轻重之势。

到甘孜时，看见一片危墙兀立，据说已历数百年而不倒，这就是孔洒与麻书分界处。两者原为同出一支的弟兄，麻书意为祖基，孔洒意为新宅。麻书中绝，属民都并归孔洒。到了德亲旺母的祖父央机，因病早夭，遗子二人，而由其祖母代理土司，以干练闻名康藏。其父俄珠宜美亦早逝，其叔孔洒香根（香根是高级的活佛，领导一方的），出为甘孜寺堪布，所

孔洒女土司德亲旺母

以由德亲旺母继任土司。

德亲旺母的生活和思想，都是很想跟时代进步的。她能讲一些四川口音的汉语，她还特制了一张乒乓台打打乒乓球，也买了一只汽油灯在晚间照亮，一只留声机开了听听唱片。有一时期，她很想装一只无线电收音机，终以缺乏电池等而作罢。她的饮食，也竭力汉化，常常派人到康定等地去采办些海味来食用。她的官寨，庞大而富丽，高五层而三座相连，总共有三五百间房间。

她身材很为苗条，瓜子脸，眉目清秀，很有江南女子风度；她谈吐亦颇娴静，在康藏真是特出的女子。附近的土司是找不到相当的对象了，因而她的婚姻，一时颇成了问题。

那时候，甘孜驻有某军阀的部队一团，这一团里的军官们，对于这财貌权势俱全的女土司，自都有意择以为偶。但他们都是妻妾成群的，德亲旺母固然不肯下嫁作妾，而依照藏俗，如要接续做土司，也只能招赘婿的，这在一群军官中，也无人肯留在藏区做驸马，因此，婚事就搁置起来了。

这时候，适巧班禅行辕由玉树移驻甘孜寺，行辕中自有大批藏族青年。内中有个卫队长伊西杰，因与德亲旺母常在一起打乒乓，日久发生了情爱，颇有入赘之意，这消息为驻军某团的军官们所闻，因心怀醋意，大为气愤，遂借细故将德亲旺母拘禁了起来。她的叔叔孔洒香根极力奔跑营救，据说前后五六次，送了一千四百余秤金子，军官们把金子照单全收，而拘禁女土司如故。

德亲旺母无缘无故的被军阀部队拘禁了一年多，她的叔叔孔洒香根及其属民们，在无比的愤怒之下，终于集聚了三千多人枪来包围军阀部队而营救他们的女土司。这些部队都退入官寨，预备了三个月的粮食，打算久守待援，可是他们缺水，原想天降冰雪来解决的，哪知适逢天晴甚久，他们最后只得喝小便以解渴，还是解决不了问题，只好派人接洽投降。

作者与德亲旺母、伊西杰夫妇合影于塔尔寺。最左一人为德亲旺母，其右为赘夫伊西杰，最右一人为作者

属民们对于德亲旺母的下落是最关心的，他们疑惑女土司已遭毒手或受伤害，便一致要求先解释这一点；于是军官们没有办法，只好将德亲旺母抬到五楼顶上展览给大家看，她向大家招招手，底下欢声雷动，于是接受投降，允不杀戮。

军阀的部队乃开出寨门，缴械投降；但有些藏胞恨他们平时鱼肉人民，把投降的官兵们都剥光了衣服才放他们走路，这样，大批军阀部队只走到甘孜南面鹿角梁子的山区，就在雪里冻死了。军阀在关内闻讯，大为愤怒。积极调集兵马，筹制寒衣，想去扑灭甘孜暴动的群众。

军阀一面则在国民党反动派的所谓"中央"那里运用政治手段，叫"中央"设法通知甘孜方面，说要派大员前来调停，少安毋躁。甘孜方面原是被逼暴动的，原来很想如何了案，因之按兵不动。不料等了一二个月，所谓大员者还未驾临，而军阀们准备好的大军却蜂拥而来，配备了重机枪、迫击炮等武器，朱倭一仗，甘孜方面大败。

德亲旺母等闻讯，只得匆匆由石渠小道冒雪连赶多夜到达玉树，细软尽失；旋又为安全起见，北移迁居塔尔寺。我是在塔尔寺与她及其赘夫伊西杰会见的。这时候，伊西杰已举行很简单的仪式入赘于女土司，而也取得了土司身份，德亲旺母已生了一个男孩小子了。她抱着这男孩很温婉的静立着招待客人。

083~090

第七章 山川风景

7.

山川风景

一、到处可浴的温泉

康藏间到处都有免费可浴的温泉。我在康定的二道桥洗了温泉浴出发，仅是到玉树的路上，已经浴了温泉十余处，说起来，真是一处有一处的长处。

二道桥在雅拉沟上游，出康定北关七八里即是要算唯一的建筑有许多房屋的温泉了。外筑有大池，是免费可浴的，另就泉水出处，依次相对的辟为八间浴室，编为复、兴、民、族四级，我入浴时，嫌复字与兴字太热，选择了民字浴池。泉是含硫璜质的，奔腾如沸，多浴可以去疥疮等疾，浴室外设有餐堂、卧房等，康定人大都以此为唯一游息之所。

距甘孜三里外的雅砻江畔，也有温泉，露天无房屋，泉深可半人许，泉上热气蒸郁，故虽严寒天气，亦尚可入浴。最奇妙的一面身在温泉，触肤奇热，而抬头一望，则白光耀目的雪山，罗列如屏，即在眼前，真有异样感觉。

我们往往接连行走多日，身上污垢积满，甚且连虱子都生

康定二道桥温泉浴室外景

起来，因为藏胞们以习惯及房屋设备关系，通常是没有洗澡设备的，我们只有希望赶快能遇到道旁的温泉，不仅痛快地免费洗了浴，而且含硫的温泉水有杀菌能力，将身上的虱子也杀死了。因此，我们特地在泉水里纵情的洗起衣服来，并打破了别处温泉里禁止使用肥皂的限制，因为这些温泉，都是在旷野里没有人管理的，洗了这种温泉浴后当晚特别得到酣睡，不仅皮肤浑身洗得光滑，感到异常舒适，而且微微闻到硫化物散发的气味，是很容易催人入睡的。

还有一种温泉，处在山坡间，流下成小瀑布，我们就伸出头来在小瀑布里洗头发，这作用真像是大自然里天设的自动热水洗发莲蓬头了。

二、美丽庄严的雪山

我在盛暑登峨嵋金顶，遥见西面有一片连绵不断的雪山。及过大相岭，迎面见重重山岭外雪峰如屏。到了康定，朋友指告我，这就是高达七千公尺仅次于帕米尔的著名贡嘎雪山。其实，康定出去四千多公尺的折多拉也就是雪山，此后看了贡嘎十几天的行程之后，一直天天走马换将的看到各地雪山，要等看过扎棱拉和积石山以后，到达大河坝，才与雪山告别。

贡嘎当然是这些雪山中的大王了，也是藏胞们一致所崇敬的神山。它的最高的二峰，一名木雅贡嘎，一名撒拉贡嘎，前者是形容其伟大，后者简直就比喻作神圣的金峰了。因此就有不少苦行喇嘛，特地要到雪峰间筑屋静修。像喷噶等不必说，就连康定的跑马山，因为耸拔高出康定千余尺，在夏季里，峰顶还是披着一层雪，也就有几个喇嘛特地筑屋在上面修道，听说几年也不见得下来一次。我们仰望峰顶小屋，真是可望而不可接。

不仅如此，藏胞们还有环绕着雪山神峰虔诚的步行朝拜，有的雪山周围七八百上千里，他们餐风露宿的围拜雪山一周，动辄一二十天。

可是在旅行者的眼中，雪山是另有其振奋观赏之处的。当灰黄的草原一望无际，特嫌单调的时候，远远晶莹的雪山矗立，净洁如玉屏风，确是可以改变这单调风景的看法。

雪山里是有许多特殊药材出产的，产量较多的而为众所皆知的，是冬虫夏草，是一种像小蚕样的东西。在当地认为较难的则是一种雪莲，据说色白难寻，而其性质则是大热的。

雪山里的动物，受了终年积雪影响，自也有其特殊种类，例如著名的熊猫，就产于川康交界的雪山里，我没有见过。我所亲眼见到的，却是在雀儿山附近的一群雪鸡，半走半飞而过，身体的颜色，则是半面白而半面灰的，据说肉味鲜美，可惜我们无法获得一只来尝味。

三、可怕的沮洳地带

工农红军北上抗日做二万五千里长征时，除了作战外，沿途受牺牲最多的，就是在黄河曲湾大草原里的沮洳地带。我们渡过这沮洳地带，是在更西面的五六百里处，因时在严冬，虽然吃了不少苦头，却避免了沮洳的危险，全体同伴幸无什么死伤。

有人说笑话，在这个沮洳地带，要找件自杀的工具都是很困难的，你要上吊，无树可栖；要找块石头碰死，全是软绵绵的烂泥；你要举火，湿搭搭随点随熄；连最可怕的野狼

冬季为冰雪冻结的沮洳地春夏则泥泞难行矣

也存身不住，但是自杀的工具虽没有，这里却是人类最容易死亡的地带。

沮洳地带大概是碱质很重的，绵亘数百里的一片土地，这地方寸草不生，而地质疏松，水泥泞和，往往深达数丈。有的地方人马不知而误行，就慢慢的陷下去，你愈挣扎而陷得愈深，渐渐的以至没顶。这时候只有凑巧你的同伴在附近，拿绳索丢给你拉你起来脱离危险，否则是稳走入死亡之途的。

因为一片湿地，生火是不易的，又无草木，燃料更须自己带去，而这片地带往往要跋涉数日，举炊为难，饮食不继，愈走愈困难了，至于一般常用的牛粪，因地湿瓦解而归于无用。这样，晚上的扎帐宿营也成了问题。固然篷帐不容易竖起来，就是睡在地上，水湿上蒸，也是极容易致病的。

当我们冬天经过时，虽然苦寒，这一切困难都得以克服过来了。因为水和土混和结成坚冰，虽然裂了缝成一块块似罗纹一样，可是人马避过裂缝究竟陷不下去了。燃料方面，牛粪也冻结可用。而冰冷如铁，我们就在地上举火亦不虞高热融化。晚间只要垫张把熊皮褥子，

就可以高卧其上了。

我们同行的农业家研究过，认为沮洳地带的土质是不差的，只是被碱质侵蚀关系，将来水利一兴，去碱蓄淡，再筑条公路进去以利交通，这千数里的荒地将是大好的垦殖区了。

四、大草原一望无垠

康藏高原以大草地出名。草地究竟大到如何呢？我在下面且述一则禽兽的故事，显示着飞禽都飞不到大草地的边际哩。

藏胞们有这样一个神话传说：在喇嘛教的教化之下，这体态生活完全不同的禽兽，都感化得同居一处了。事实是这样，当我们在大草地前进时，马蹄旁忽然吱的一声有物飞起，使得乘马者受到意外的惊惶，定神一瞧，却原来是一只灰白色的雀儿，从地下穴中钻出来飞向天空。定神一看，这些地穴密布在大草原上，每隔一二尺便有几个。若是注视更久，便能看出同一穴内还有灰白色的小鼠钻进钻出。这飞禽走兽同居于一穴，陆空动物会师，确实是旁处所罕见的。事实上，还不是生物为求生存，不得不将生活习惯适应环境的这条道理吗？因为大草地里无一树可以供雀儿结寨，而雀儿力小无法飞到草地边缘以获一枝之栖，只得下地入鼠穴借作雀巢了。

大草地里，人烟固稀，而野兽却仍不少。除了前面已提过可怕的狼，好吃的黄羊外，我看见过而值得一提的还有野马与野牛。在前言这一节里，曾提到大野牛沟、大野马滩等地名，可见得有些草地里，这批野兽们已成了那处的主人翁了。野牛是比毛牛尤大，皮极厚，射力弱而距离稍远的子弹是穿不进它们的皮肉的；肉结实没有毛牛好吃，而性情凌厉无比，所以旅行者是很少去惊动它的。野马常三五成群、体格与常马差不多，不过毛色有一圈圈黑色环状，即在远处亦极易察觉这是野马，它的肉味虽则不佳，奔跑亦极迅速，但草地行旅如遇断粮时，常猎野马以充饥，因为猎它是没有什么危险的。

虽然同是草地，而草种的良莠大大不一。我所经过的几十处大坝子，像"风吹草低见牛羊"那样的草长可以及肩的地方，不过十之一二而已。甚至如精鼻脸滩等处，只稀稀疏疏长了几处短草像癞痢头一样，这是碱水上升的缘故。又如绵草湾等处，则生长所谓醉马草也者，马吃了便要得病，我们都是小心翼翼，勒马不使低头的。据同行的农业专家说：牧草也如稻麦一样要改良种植，像精鼻脸滩、绵草湾等处，是需要做一番蓄淡冲碱，散播好种等工作的。则若干年之后，这千里大草原，都可以成为上好的牧场，产制出大量而精美的畜牧物品了。

五、雅砻江的奇景

在人们想像中，以为康藏高原是荒凉寂寞的，可是，雅砻江畔的景色，却另有其瑰丽爽朗的一套，是够使人欣赏留恋的。

雅砻江岸的一些狭长冲积平原（阔只数里，长约一二〇里），造成了这一带农业富饶的情形，而积聚为甘孜、雅江等那样的大城市，人文因亦甚为灵秀。春夏之间，江畔地势较低，树青草长，富有的人们及土司、头人等，乃趁这大好辰光，在雅砻江畔举行"耍柳林子"。

耍柳林子是什么呢？藏区平时是缺少娱乐的，既没有戏院，连鼓书评话那样听个小曲儿的地方都没有。一年到头，只有举行一二次耍柳林子才算是娱乐，而轻松一下情绪。也就是选一个风和日丽的时候，约集了亲友数十人，携带着篷帐、卧具、食品等，到江边柳树林里择一片平地扎下营来，尽情的玩上三五天回去。

雅砻江畔有不少热气蒸腾的温泉，高及人肩，而细砂平铺，正是大自然特设的露天浴池；入浴于此，抬头就是那喀哇罗里大雪山蜿蜒展列眼前，洁白美丽而庄严，似一幅精心描绘的图画。试想露天在洗热水澡，身上汗流浃背，而抬眼则看见瑰丽的雪山，这情境不是易逢的。

雅砻江水波平静，澄清如镜。而岸边为坡度倾斜极缓的细砂所铺，实在是夏季游泳的最好场所，可惜藏胞无此习惯耳。有的河面较狭地方，如白利等处，为对峙的山岭所束，河水啮山脚成各种悬岩，突兀奇形，各极其致。意外的，在这种临河悬岩的孤兀小山上，常常雄踞着一座村庄。我们真想不出他们是怎样上下行走的。大概他们只求地理形势之雄险，也顾不得上下的困难了。

雅砻江现在水利的利用，只有沿河设着几座水崖。但我想如将沿河水道稍加整理，便可以通行舟筏。除了便利交通运输，还可以将渔业发展起来，因为这样人口密迩而水流平缓的河川，应当是鱼类繁殖的好场所，可惜现在没有人去捕捉。沿江如能挖掘些灌溉沟渠，将来是不难种植出早稻的。那时候的雅砻江沿岸，是可以有江南风景的意味了。

091~096

第八章　几件大事与人物

8.

几件大事与人物

一、班禅行辕

班禅与达赖同为宗喀巴的二大弟子，班禅坐床日喀则之扎什伦布寺，执掌后藏黄教大权，转世时视年龄长幼与达赖互为师弟的。第九世班禅因遭第十三世达赖之迫害而出走，经青海而来内地，住在北京、沈阳、南京、杭州等处二十年，至一九三八年圆寂于玉树之结古寺。这其间，班禅为适应旅行生涯，特成立行辕以处理各项工作，逐渐的吸收了不少有关康藏的人才，将组织发展成为相当庞大的一个机构。但中因甘孜事件发生，班禅行辕极匆促的退往青海，人与物都损失颇多。到寻获第十世班禅灵童继位，暂借塔尔寺坐床，行辕的工作才重获中心，以迄于今。待西藏全部解放后，第十世班禅将返日喀则重掌教权。因此我对于班禅行辕的情形，稍作介绍，以为了解藏事者提供一种资料。

山顶上房屋为结古寺。班禅十三世于行旅中圆寂于此

班禅行辕大体可分三部分：堪布厅、卫队与仪仗队。堪布厅与卫队是班禅行辕的文武两大单位，工作人员均系康藏籍贯，仪仗队则多是汉人。这两队各有五百

余人，干部多受过军事教育，如前述德亲旺母之赘夫伊西杰就是，在藏胞中都是很难得的人才了；但各队的枪支倒超过人数各有一千多支。因为班禅经各城市时广事收买枪支，各方面送给他的武器也不少。仪仗队所携武器较卫队为佳，据云有小型的炮和重机枪等。事实上他们经行青康一二千里荒僻之地，甚至绕行果洛等素号强顽之区，也从没有遭遇过战事，用过武器，因为藏区里无论僧侣，甚至敌对的部落，听到班禅大师降临，是无不心诚悦服的欢迎，可以贡献出一切的。

班禅行辕的主要部分自是堪布厅。这是秘书处，也是智囊团，办总务，也兼理财政。我在康定遇到丁杰呼图克图，是堪布厅内的重要人物，连第十世班禅也是他找到的。在玉树遇到卓尼汪堆堪布，则是主办财政方面的一位大员。堪布厅也有不少办理汉文工作的人，康南文学家刘家驹做过汉文秘书长。堪布厅的工作人员计有二百余人。

这一二千人的大团体，在青海、西康各地驻锡及行路的时间合计起来，到现在已达十三四年，他们的经济来源如何解决呢？除了有关各方略有津贴外，是靠藏胞教徒们的捐献维持的。我听卓尼汪堆堪布说，当班禅驻玉树时，富有的藏胞们来觐见，只要班禅给他们摩顶一下，他们就会将所有的几百只牛羊尽数献奉。藏胞对喇嘛教信仰之深，真是非言可表的。

二、大金白利事件

康藏的局面，自辛亥革命时，达赖十三世从印度返拉萨，与满清

大金寺外景。门外放着木材，是一部分房屋毁后正要
重修的时候

驻军钟颖所部二千余人交战逼其出境，并进占恩达山以东金沙江两岸各县后，这样混乱的局势拖了二十年。到一九三二年，才由康藏当局商谈订立了冈拖协定，暂以金江沙为界，东西各自分治，以迄于目前解放，这暂局又拖了将近二十年。冈拖协定是因为白利土司所属康民与大金寺藏方所派堪布发生冲突，而引起的康藏间最大一次战争的结果。所以对于这样关系康藏近局的大金白利事件，特略作简述。

白利与大金寺两处我都曾经过，这一带的地理形势以及一九三二年的情形是这样的。白利地居雅砻江沿岸，这里江面较狭，建有木桥，土司官寨雄踞小山顶上，形势甚壮。它是在甘孜上游三十里。白利西北向三十五里为大金寺，大金寺再北去十五里为绒坝岔。这一带八十里均为雅砻江的冲积平原，气候温和，地多垦殖，人烟稠密。但绒坝岔以北即峰峦重叠，实为金沙江与雅砻江之分水岭。当时藏军占德格、邓柯，先锋及于绒坝岔，西康的汉军则驻甘孜，故白利与大金寺在当时虽处于双方都不驻兵的缓冲地带，而实具前哨之作用。因大金寺有喇嘛近二千，白利亦有人枪千余。

当时大金寺的堪布是由拉萨直接派来的，倚持藏军进占西康的盛气，又以喇嘛人数多到二千人，至为骄横，他们对白利土司所属的居民，越权的要征收粮食，滥行苛捐杂税。这样不仅侵犯了白利土司的职权，在宗教上也因白利居民素信地理较近的甘孜寺，亦有冲突。初时白利居民对于大金寺喇嘛的暴行尚加容忍，到后来白利居民竟被捉去处以残酷的笞刑，责令负担苛杂。这样强暴结果，迫得白利居民只得集中人枪自卫，大金寺喇嘛大队前来进攻，一时不克取胜，竟邀了藏军来帮助。白利乃求救于甘孜驻军，这样遂酿成了康藏大战。本来甘孜驻军都系步兵，而藏军则系马队，部队运动的速度是悬殊的；幸得甘孜驻军运到了几十挺轻重机枪，因赖此打了几次胜仗，将藏军逐到了金沙江以西，而就停战时现状签订了划江为治的冈拖协定。

三、关于康藏公路

最近在《人民日报》上看到一批进军西藏的照片，有一张是成队的汽车排列在甘孜寺前，这真使我激动得至于下泪。几十年来，各方瞩目、藏胞切盼的愿望终于实现了。康藏公路已开始修筑，并筑成了康定到甘孜的第一段，而且已经通了车。这真正是康藏开始经济建设的一大启机。回忆从前我们策马爬雪山贯草原的那种缓慢行旅生涯，时代是飞跃进了一大阶段呀！

康定至拉萨距离，过去驿站的旧纪录是四千三百余里。据西康当时公路局的邵工程师说，金沙江以西虽没有实测过，但全程估计不过二千公里左右。本来金沙江以东路线，原有理化、巴安等南道，与道孚、甘孜等北道二途，南道还稍稍短一点。为什么终于定线北道呢？因为这几条横断山脉里的大河流，如金沙江、雅砻江等，北道是其上游，河幅狭得多，其峡谷险峻之势亦较缓，所以公路横贯而过这些高山大川，能少费力一点。

建造高原公路绝不是一件简单的事！我到康定时，这位邵工程师正在筹备着康定至营官寨短短的一段九十公里间的筑路工作。他说，就单这四五千公尺高原上的气候问题，已难于处理了。藏谚有云：正二三，雪封山；四五六，淋得哭；七八九，正好走；十冬腊，学狗爬。即是这正好走的秋季，也是季初下雨而季尾下雪，试想一年能有多少时间可以工作呢？而沿途人烟的荒凉，稀少到出于意料之外，所以征集人工又是件极费力的工作；因为旁处的人到这空气稀薄的高原上，如不经过一段相当时期锻炼，会因剧烈劳动，肺量不够而致病的。食粮亦是一个重要问题，以无其他交通工具，只好用人马驮去，往往驮的人马所吃要占着粮食的一大半。至于工具缺乏等困难，自更不在话下。

我看见他们在折多拉顶上一个测量兼督工的小站，筑在冰堆上，四面积雪，终年不消。与工程上的蓝图相映晖，真正色彩显明，备见艰苦奋斗精神。

有人担心着公路通后，车辆的燃料怎么办？这倒是不难解决的。除了以前述过的到处有不少大森林，可以供应木柴汽车外；我们还应当记住：在金沙江西的宁静县里，有面积广大而含量丰富的石油矿等着我们去开发哩！

097~101

附录　建立藏区的乳脂工业

建立藏区的乳脂工业

刊于一九四二年渝蓉各报

藏区的经济事业中哪几样可以发展。现在固难于预料；但可以断言的，牧畜业应是最有前途的一种。笔者曾亲历各部落荒僻牧地，审察种种条件，对于此点深信不疑。

一个真真富强之国应当是丰茂的农林渔牧资源俱备。我们中国，东北有大森林，东南有大渔海，中原沃野千里，寒温热带农作物俱备，西部藏区则极目草原，真是个天设的上好牧场，千百年来先民的经营，使牧畜事业推进到每一个角落，对今后的发展，我们似应更求其质的改进，配合现在的需要，提高其在工业上的价值，方能立足于经济战场。

藏区养放的牲畜，以马、驼、牛、羊四者为主。马与骆驼主要的效用是作为代步工具，除了交通价值外，有经济价值的产品较少。至于牛与羊，则在游牧部落讲起来，全部衣食住都取资于斯，羊皮为衣，牛毛作幕，渴饮乳，饥食肉，几乎是日常生活所需完全可以自给自足了。于是此种牧畜产品，即产即用，无加工与制造之可言。所以藏区的牧业，虽有上千年的历史，而颇少质的进展。这种原始经济状态的阻障不无重大影响。

近百年海通以还，欧美及日本的经济触角逐渐深入内地，虽是僻远的藏区也不能免。使得各种农牧产业更变为各工业先进国的原料供给者，且此种附庸情形日益加深。最显著的例子是羊毛，藏区每年千万斤毛的总输出的枢纽，都遥远操握在天津几个洋行手里，他们组织了系统严密的收购网，自省而各部落，自土司头人以至千户百长，层层建立了很牢固的购售关系。这样固然使这种牧业产物超升了而成国际商品，但是我们的工业却是受压着永远的起不来。

可是上述情形，还是就有输出可能性的产品言，如皮毛等物，能耐久藏，可以远运，所以洋行才花力的为之设置收购网，配布运输线，若是不能久贮，而需要就地制造的产品，他们又弃之不理了。例如牛羊乳与牛羊脂就是。因为工业要互相辅助，始易发展，一切交通资金机器工人等都有相互关系。既然主要的牧畜产物变成了国际产物商品，其他的当然也受着影响不易建立起工业来了。

牛羊乳产品数量之多，在各种牛羊的产品中实占第一位。如羊：每年例剪羊毛一次或二次，每次自十数两至数磅不等。但一只母羊的每日产乳量就有二三磅，以年计至少得有三五百磅。这羊毛与羊乳重量的比数，即加入公羊计算，亦在二十倍以上。西北羊毛的产量估计约达千万磅，即羊乳的产量年在二万万磅以上。至于牛我在青康各省所看到的土种，日产量自七八磅起至一二十磅不等，改良种当然更好。虽然牛的头数较羊为少，但牛乳的年产量估计决不会在一万万磅以下，应是国民经济上多么有用的一笔产品！但现在的实际情形，却因为缺少工业制造设备，除当地人饮用之外，全部都浪费了。

牛羊乳的主要成分是脂肪与蛋白质，是一种很复杂的有机物，故系微菌的良好繁殖场所。只要几十小时，微菌就起作用将脂肪蛋白质破坏为低级有机物，而不合于食用了。故必须用科学方法处理（借机械的或化学品的能力），杀菌去水，并将蛋白质脂肪分离，使成纯品，方得免于败坏，能耐久藏，便于运输。此种设备在牧畜产品工业化的国家，如丹麦、荷兰等国家农家几乎是普遍的预备这类器具。用蒸煮器以杀菌，用离心机以分开蛋白质与脂肪。其实工业发达的地方，这些工业不过是小家伙而已，类如四川人用个泡菜坛子制贮菜蔬一样。可是我们西北的牧民，何曾有机缘使用机械，他们还是应用几千年前传下来的简单方法浪费的处理牛羊乳液。

笔者所经过的青康藏部牧畜区域，大都是藏胞部落，当然他们的文化落后，所用方法更显原始性，但汉人较多的地方，其操作所用器材之简陋亦复类此。大抵挤乳以后，因为金属容器的缺乏，即盛入一皮革做的囊内，悬挂起来，激摇振荡。原来牛乳中的脂肪，吸着蛋白质于其表面，而成一层保护膜，今受此激荡而分裂，脂肪粒子遂互相凝结，因质轻乃浮于上面，土人们遂以手取出捏成一块块俗称酥油，即内地所称之奶油，留下的乳液，蒸干而得奶粉，俗称奶渣子。这样所得的成品，因为方法太简单，故分离不纯净。酥油内常遗留大量蛋白质，日久分解而生恶臭，且亦不能久藏。奶渣子则胶结粒粒如米，以质不纯，味常带酸。因此，这样大量的奶液，除新鲜的供当地饮用外，像上述那样恶劣的制品，遂无从输出他处销售了。

奶油与奶粉本来是营养食物中的上品，其价格在欧美市场上原颇高昂。但在我国，则以畜牧地带类多僻处边鄙，且以现在乳酪等几无输出价值可言，故价格甚为低廉。依笔者所经僻远部落而言，往往一元藏洋即可购得多斤，远在当时后方各都市的猪肉价格以下。并且这些物体都是质量较密的固体，运输上也无多大问题。必然的将来藏区牧业所产的乳酪，必能畅销国内，物美价廉，成为国民重要营养品之一，而且在战后世界交通畅达之际，将成为我国重要国际贸易输出品之一。

现在再来分析建立乳酪工业所需的各项条件：第一是机器。内中主要的是蒸煮器与离心机等，都是轻便机械，目前后方的工厂就可以制造（曾与工厂联合会理事长颜耀秋君谈过，他的厂内就能制造得出）。其次是技术员工。大致高级农牧职业学校以上毕业生，经过三五个月的专业训练，就可以操作胜任，技术工人亦复如此。因为这项工业，并无什么特殊技术之处。其他资金交通等问题，一待社会及政府注重斯业以后，自可迎刃而解。至于推进的方式，笔者以为可参考采用工业合作的方法。举办牧畜业的合作生产经营，使一向散漫而知识落后的牧民，在经济的条件之下组合起来（这完全与酋长式的政治组合迥异），以适应此工业采集原料及提高品质之需要。至于机械及技术员工初期自当由内地聘去，逐渐训练其达到自立境地。希望能有远大眼光的企业家，在政府协助之下，选择几个地点开始经营，树立风气，慢慢推进，将来藏区边地不难变成北欧丹麦现代化牧区的情况。